小吵鬧

撒空空—著

好讀出版

你說，你對我的愛絕不會停止
感謝你如此愛我
但，你必須離開了，永遠離開我的生命
我的心只願為一個人喧囂嘶喊

小吵鬧❷
目次

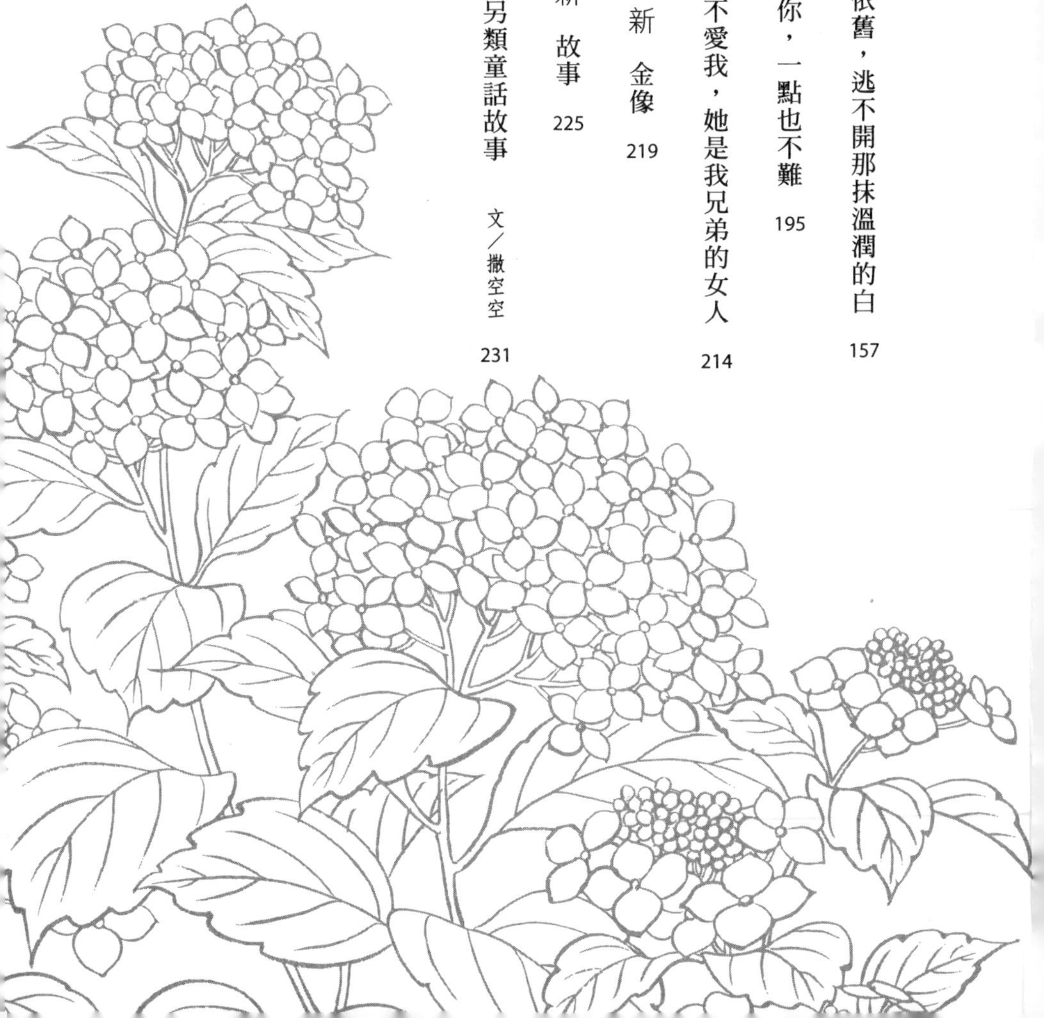

Chapter Seven

你逃不了的，我們一起墮落吧

和一又開始玩起了遊戲，我無可奈何，只能陪著他繼續。

額頭受傷，不能游泳，不能做劇烈的運動，我只能整日待在屋子裡看書，實在無聊得緊。而在無聊之中，內心又有點小壓抑，低沉得有如即將降雨的天空一般——「倘若唐宋眞的先去找范韻，我會繼續保持完美妻子的形象，還是爆發？」

這確實是個問題，還是一個特大號的問題，在無聊之中，我只能更無聊地對自己進行心理建設——「不就是見見前女友嘛，很正常啊，誰說分手後就不能見面。范韻很久沒回國了，唐宋替她帶點泡麵、火鍋湯底、四川泡菜什麼的也很正常，畢竟他們倆也是好幾年的感情，難道還抵不上送幾根泡菜？」

正告誡著自己要大方點，要平常心，這些天一直爲我服務的艾莉娜，送來了下午茶。茶是祁門紅茶，湯色紅豔，味道醇厚；點心則由三層點心瓷盤裝盛，放著各式各樣的小餅乾、烘烤布丁、夏洛特蛋糕、義大利黑橄欖麵包佐菠菜起司鮭魚、芒果慕斯、西梅松露等等，精緻的甜點總是讓人食慾大開。

艾莉娜是個典型的英國鄉下姑娘，淳樸，雙頰有可愛的雀斑，很貼心地照顧我，我對她頗有好感，便請她跟我一起吃。但這孩子怎麼都不肯依，那小手擺動得活像我要餵她吃毒藥似的。

算了，吃飯不積極，腦袋有問題。爲了證明自己的腦袋沒被撞壞，我開始積極地喝起下午茶。然而吃著喝著，卻感覺到艾莉娜站在一旁，有點八卦味道的欲言又止。

我問：「什麼事？」其實平時我不太愛和他們說話，因爲對我來說，英式英語聽起來有點艱難。艾莉娜先把頭轉向門口望一望，確定沒人之後，這才問道：「請問，小姐你和先生究竟是什麼關係呢？」我笑問：「你認爲是什麼關係？」

艾莉娜眞是不說則已，一說驚人：「管家戴維先生不允許我們私下談論先生的事情，可是我眞的太好奇了。我們都猜，先生是中國的一位官員，而您是他的……情婦。請原諒我，小姐，這只是我們的猜測。」我說：「沒什麼不能原諒的。你們猜的大致都正確，只不過，我這情婦不愛他的錢，也不愛他的人。」

艾莉娜覺得不可思議：「爲什麼呢？他那麼英俊！」我也覺得不可思議！亞洲人覺得和一長得帥很正常，可是歐洲人難道也開始喜歡細長眼睛了？艾莉娜又道：「請問小姐，你是有其他喜歡的人吧？」是的，我吃著和一家的下午茶，心裡想的卻是另外一個人。

艾莉娜問：「難道他比先生還要優秀？」我搖搖頭。其實我根本比較不出和一與唐宋的優缺點，兩人各有千秋。可是愛情這東西要是能單憑條件來衡量，那就容易多了；我的意思是，那我們豈不是都會愛長得最好看的、口袋裡的錢最多的人？那麼，世界就和諧了。

艾莉娜誠心祝福著：「小姐，希望你能和你愛的那個人在一起。」我感謝她的祝福，並和她聊起天來。這才知道，艾莉娜是附近某個農戶的女兒，家裡有兩個妹妹和三個哥哥。

艾莉娜說：「很熱鬧呢，每天晚上吃飯，一家人都擠在一塊兒，非常熱鬧。」有這麼多兄弟姐妹，真好，我有點羨慕，接著問：「家裡這麼多孩子，父母會偏心嗎？」艾莉娜驚訝地張大嘴：「怎麼會呢？我們都是父母的孩子啊，是上帝給予他們的禮物。」我心想，真好，不偏心的父母。

艾莉娜又說起，每年秋冬季節這裡都會舉辦狩獵活動，大夥騎馬、牽著獵犬去獵狐狸。她說：「對了，先生很喜歡打獵，每年都會來這裡參加這個活動。」

聞言，我內心忽然一動，似乎有什麼念頭正緩慢地形成，於是故作不經意地詢問起獵狐地點和路徑。這裡是艾莉娜從小生長的地方，她自然很熟悉，解說得十分詳細……我腦海中逐漸浮現出一幅地圖，地圖名稱叫做——「藉狩獵之名逃跑路線圖」。誰教我就是個生命不止、逃離不息的傢伙，生活早就將我磨練成一個爺們，誰要躺在城堡裡睡大覺？沒那閒工夫，王子還等著我去救呢！

算算時間，來英國都已經一個星期了，也就是說，我跟和一躺在床上純聊天聊了一個星期，實在是神蹟，不得不對和一感到佩服。這晚，我們正躺在床上時，我問：「聽說你打獵技術不錯？」

「我在床上的技術更不錯，想嘗試一下嗎？」和一不愧是中國人——黃啊。

我轉身閉眼，蓋上被子：「每次想好好跟你聊天都沒辦法，算了，睡覺。」和一哄道：「好好好，算我錯了，我們來聊天。我的狩獵技術，還算不錯。」這人吹噓從來不臉紅的。我繼續閉著眼：「噢！」這一招叫欲擒故縱。

和一提議：「明天剛好是狩獵活動日，要是你感興趣，就一起去吧。」我問，語帶小不滿：「你肯讓我出門了？」和一一邊關上床頭的琉璃燈，躺回床上，從背後抱住我，說：「沒辦法。生命力再強的花，要是整天擱在家裡，也會凋謝的。」

兩人好長一段時間都沒說話。就在我快睡著之際，和一忽然開口：「大綺。」我回應：「嗯？」和一低聲說：「離婚吧。」我沒說話，要是能離，我早離了。

和一悠悠地說：「知道嗎？尼泊爾的女孩子，在成年之前會跟貝爾樹果實舉行婚禮，這就是『貝爾果』婚，象徵著永恆的婚姻。她們成年後與男子的婚姻，是她們的第二次婚姻，因爲裡頭有太多的欺騙曲折不幸，所以她們稱這爲『虛假短暫的婚姻』。如果婚後她們感到不幸福，就可以把貝爾果放在丈夫的枕邊，表示她要離開。」和一慢慢敘述著這個異國風俗，末了，他問我，「大綺，知道我講這個故事給你聽的意義嗎？」

我說：「知道。你想告訴我，跟貝爾果結婚才是王道，這樣就不會出現另外一顆母貝爾果來花你的錢，住你的房子，打你的小孩，睡你的老公，是吧。」和一不理會我的另類領悟，直接揭曉答案：「我的意思是，你的婚姻，是虛假和短暫的。」我問：「那，什麼才是眞實和永恆的？」和一給出了令人沮喪、卻無比眞實的答案：「沒有任何事物是眞實而永恆的。」

我搖搖頭，暗暗表達著自己的不同意——在我的婚姻裡，快樂和痛苦都是眞實的；而他人眼中的短暫，也可能在我自己心中站成了永恆。關於這點，我跟和一無法達成共識。

就這樣，帶著思想上的不一致，我倆純潔地睡去，第二天醒來便準備去狩獵。

這幢宅子的旁邊還有一個馬場，和一飼養的馬就在裡面，他騎上一匹奧爾洛夫快步馬，馬匹身形高大，形態優美。和一身著黑色的馬衣、馬褲、馬靴，看上去邪氣更重，也更俊。

和一朝我伸出手：「上來，我帶你一起。」我沒有伸出自己的手，回他：「我也會騎。」和一挑起眼睛，顯得不信任：「噢？」我雙手環胸，在陽光下戲謔地看著他：「有種，你也給我一匹馬。」就這樣，我得到了我想要的——另一匹馬。馬術我也跟著唯一練過，是絕對不會摔下來的。

跟著和一穿過農場，他指著對面的一大片樹林，道：「獵物就在裡面。」

順著樹林看去，內心忽然一震，說不清楚，似乎有種很熟悉的感覺，像是曾經來過這裡。走進去，興許是清晨的緣故，此處有薄薄的霧。忽然省悟，這裡的景色，和我從小做到大的那個沒有結局的夢是一樣的，就是我怎麼也走不出去的那片樹林。

心臟忽然劇烈地跳動起來，像是預知即將發生什麼事似的，而且，是一件會改變我的大事。喉頭開始發緊、發漲，甚至緊張得想要嘔吐，額上也布滿了密密麻麻的汗珠。

和一問：「你怎麼了？」我搖頭，吞口唾沫，努力鎮定下來，說：「沒事，久沒騎馬，有點緊張。」和一狹長的眼眸內滿是調侃：「想不到，你也有慌的時候。」正說著，前方草叢出現動靜。和一雙腿一夾，騎著駿馬，拿著獵槍，飛速朝那邊奔去。

他殺戮的姿勢瀟灑而嫻熟，舉槍的手臂蓄滿力量，瞄準獵物的眼眸線條優美，呼吸冷靜自持，扣動扳機的手指修長雅靜。「砰」的一聲槍響，前方有隻成年狐狸倒地，痛苦地蹬著四肢，雙眼仰望天空，急促的喘息在腹部形成巨大的凹凸感。血腥慢慢溢出，隱藏在霧氣中，進入我的鼻腔。

和一下馬，有如一個王者，一個勝利的王者，一個用血腥祭奠自己成功的王者，朝著自己捕殺的獵物走去。

就在這個時候，我揚起手中的馬鞭，「啪」的一聲打在馬身上。因爲驚惶，我下手很重，馬兒吃痛，疾速飛奔。艾莉娜所說的每個字都已化成我腦海中的地圖，這裡熟悉得像是我自小長大的樹林。我需要逃跑，因爲這片樹林是恐怖的，和一是恐怖的——我需要逃跑。

往右轉，越過一片半個人高的草叢，進入一條小徑，跳過柵欄，經過最後一片樹林，就可以轉上大道，路邊經常有車輛經過；畢竟在人家英國女王的地盤上，和一的勢力可沒這麼強大，只要我求救，是極有可能成功的。

我抓緊韁繩，俯下身體，任由馬兒帶著我逃生。速度太快了，清晨的冷風化成小刀，切割著我的臉頰，除了呼嘯的風聲，雙耳聽不見任何聲音。五臟六腑隨著馬兒顛簸，彷彿全部都已移位。在一次大跳躍之後，發現已經進入最後一片樹林，只要穿過，便能成功。

驚喜還沒來得及滲透全身，一道尖銳的哨聲在我身邊響起，身下所騎的馬兒忽然停下，揚起前蹄，將我翻倒在地。屁股著地，悶悶的疼，我揉了好一會兒才緩過來。此時，另一匹馬慢慢地踱來，我仰頭，看見了馬背上的和一。

他居高臨下地望著我，冷道：「你以爲，我會安心地把一匹沒有受過訓練的馬讓你騎？」我不想說話，說什麼都沒意思，成王敗寇已定。和一跳下馬來，用馬鞭的柄抬起我的下巴，上面的刺讓我感到疼痛。我還是不說話，就這麼定定地看著他。

和一問：「你就這麼討厭跟我在一起？」他的聲音很輕，眼神很重。我搖頭，說：「跟你無關，我只是想回我該回的地方。」和一明知故問：「有唐宋的地方，是嗎？」我點頭，沒什麼好隱瞞的。和一蹲下身子，一腿跪地，直視半躺在地的我，道：「大綺，你執拗得讓人生氣！」我沒有否認的意思，我本來就執拗，否則也不會弄出這麼多亂子了。

不知究竟是什麼刺激了他，和一的情緒忽然爆發，幾乎朝著我吼了起來：「說話啊，你在驕傲什麼？你就這麼篤定我不會傷害你，是不是？」他用力地揪住我的下巴，像要掰斷它似的，「大綺，我沒看錯你，你眞的很厲害；對付男人，你很有一套。你用的是什麼手法？欲擒故縱？告訴我，一五一十地告訴我。」

我皺眉，盯著他：「你高估我了，我沒有什麼所謂的手法。」我厭惡這麼暴躁的和一。和一繼續使勁，狠道：「高估？不，是我低估了你。你下了蠱嗎？否則，爲什麼我會一頭栽進去？爲什麼唐宋也會慢慢陷進來？」我心裡一震——「唐宋陷進來？這是什麼意思？」

和一從來都看得懂我的心思，他盯著我，話語像從齒縫間咬牙透出：「你不明白，是嗎？好，讓我告訴你。唐宋來了英國，卻沒去看范韻，沒有聯繫她，而是忙著找你。大綺，很開心，是嗎？至少這一局戰爭，你贏了范韻。」

腦袋突然有點懵，感官模糊，心臟跳動得非常快；原來，人在極度愉悅和極度痛苦時的心情是一樣的。唐宋，是眞的……在尋找我。

此時，和一的手機鈴聲響起，他接聽，眼睛卻一直看著我。我聽見他對電話那頭說：「不管用什麼方法，給我拖住他。」從他的眼神，我知道，此刻的和一又變成了一條冰冷的蛇。

我輕聲地問：「唐宋來了，是嗎？」我不傻，不太難的事情，還是能夠猜到的。和一盯著我，不說話。我勸他：「你還想怎麼樣呢？和一，遊戲已經結束了，唐宋仍舊是我的丈夫，不管從法律或是情感上。所以，放手吧。」我站起身，往回走，往有唐宋的地方走去。

走出五步，我清楚記得，只有五步，背後的和一開口了：「大綺，爲什麼只有我一個人難受，這不公平，不是嗎？」心一緊，我直覺地感到有事即將發生，然而還來不及做出反應，就被撲倒在地。他翻轉過我的身子，我聽見布料撕碎的聲音，纖維在空氣中顫抖。

我警告：「和一，放手。」他的聲音居然是絕望的：「放不了，一輩子都放不了。」我的衣物逐漸減少，草地很涼，我開始發抖：「你不能這麼對我。」和一激動道：「我受不了了，大綺，你不知道我有多難受。眼睜睜地看著你們兩個走，眼睜睜地看著你們彼此擁有，我受不了。對不起，大綺，我必須……留下一點點記憶。」我的掙扎消弭在我的吶喊中：「和一，不要逼我恨你。」「沒有用的，大綺，一起墮落吧。」最後，和一這麼告訴我。

他壓了上來，我使盡全部的力氣，但終究敵不過，這是生命中的劫數。和一進入我的那一刹那，我希望所有的感覺都失靈，我逼自己不去記得這一刻。我仰頭，睜大眼睛，看著上空。視線裡，是密林，是飛鳥，他們分割占據了天空。

他殺戮的姿勢瀟灑而嫻熟，舉槍的手臂蓄滿力量，瞄準獵物的眼眸線條優美，呼吸冷靜自持，扣動扳機的手指修長雅靜。我倒地，痛苦地蹬著四肢，雙眼仰望天空，急促的喘息在腹部形成巨大的凹凸感。

我不知道酷刑持續了多久才結束。當他離開我體內時，身體自動蜷曲起來，做爲抵抗，微弱卻又強烈。

和一抱著我，用手撫摸著我身體的每一寸肌膚：「大綺、大綺、大綺……」他只是喊著我的名字，沒有意義地喊著，一遍一遍地喊著。我閉著眼，輕聲吐出一句話：「這輩子，我欠你的，都還完了。」聞言，和一的手瞬間停住。

突然間，我感到和一的身體在顫抖，我很訝異他居然會顫抖。我和他的身體都很冷，而所有的冷，來自絕望——他的絕望，我的絕望，我倆是同一類人，注定溫暖不了彼此。

陽光逐漸升起，我聽見了馬蹄聲，朝我們這兒奔騰靠近的馬蹄聲。我太累了，根本不想理會來人是誰，根本不想理會自己赤裸的身體若被人看見將會如何難堪。我什麼都不想理會了，世間所有的一切都只是幻象。

直到感受和一的異樣，嗅到了雄性動物遇敵時發出的氣息，才猛然省悟彷彿有雙大手在撕扯著我心臟那般——那個敵人是唐宋，只有唐宋才能讓和一發出這樣的氣息。

我沒有抬頭，我不敢。我沒有呼救，我不敢。我沒有動彈，我不敢。我只能悄悄地蜷縮著自己的身體，蜷縮再蜷縮，蜷縮成一粒微塵，一粒開不出花朵的微塵。我想，這是我所遭遇過最殘忍的事情——我至愛的那個男人，親眼看見我被另一個男人占有。多麼難堪，我爲自己感到噁心。強烈的刺激讓我痛苦，痛苦得想就此死去，不再去面對。

然而感官卻是如此敏銳——我聽見唐宋下馬，慢慢向我們走來；我感受到和一起身，朝他走去。兩人相遇的瞬間，我聽見手骨打在人血肉上的聲音，和一承受重力的悶哼，一記、兩記、三記、四記、五記……我記不清唐宋究竟打了他多少下，我從沒見過這麼安靜的毆打，我嗅到了鮮血的味道。這場毆打持續了很久，長到一條生命幾乎可以消逝。

然後有個人走過來，褪下自己的外套，蓋在我的身體上。那個人輕輕地抱起我，放在懷中，我聽見了唐宋的聲音，很溫柔很溫柔：「乖，我們回家，我馬上帶你回家。」生平第一次發現，原來溫柔的聲音更能刺痛人心。從沒流過的淚水就這樣淌下，從眼角滑落，滲入髮絲，如一顆冰珠。

唐宋抱著我上了馬，他的懷抱減緩了馬背上的顛簸。一顆心忽然安靜下來，從未有過的安心讓我逐漸昏睡過去。

後來得知，從那時起我便開始發高燒，興許是身體疼惜自己，想透過昏迷來逃避難以面對的事物。迷迷糊糊之間，我感覺到自己住進了醫院，點滴瓶、針頭、消毒水味，還有唐宋的臉……這些是我那時所有的記憶。

病中很難受，全身血液像在燃燒，所有力氣都被燒盡，呼吸也是熱的，我不自覺地求救。每當這時，總有一雙堅定的手握住我，輕聲地安慰我，使我逐漸冷靜。因為知道有這樣一雙手時刻在身旁保護，我沒有太大的恐慌。

這次病了很久，醒來已是一個月後，正值深秋時節。

睜眼時是清晨，雖有陽光，卻不甚溫暖。當時病房裡有兩道人影，身穿白衣，我旁邊的白影一邊爲我拔點滴管，一邊笑道：「唐先生，你對你太太眞好。」另一頭的白影正擺弄著瓶子裡的百合花，淡而柔和的香氣是這房間唯一的暖意。

我將眼睛睜得靜而又靜，看向那個擺弄花束的身影，那個比記憶中稍顯瘦削的身影。

「咦，唐太太醒了！」白衣護士看見我睜眼，立刻出去呼喚醫生。

病房中的唐宋則來到我身邊，伸手摸了摸我的臉頰，輕聲道：「我們回家了。」他遵循諾言，想帶我回家。

「嗯……」我開口，卻發現嗓子有點啞。沒等我要求，唐宋便端來一杯水，細心地餵我喝下。慢慢地嚥下幾口，潤了潤喉嚨，我才道，「剛才聽那護士說，你在我昏迷的時候，對我很好。」

唐宋沒說話，但臉上神情頗溫柔。就在他溫柔的當下，我繼續問道：「我說，你偷偷塞給人家護士多少錢啊？讓她故意在我清醒時，說這話給我聽。」唐宋臉上的溫柔有點停頓，我則暗爽。就在我暗爽的當下，人家發話了：「其實也沒給什麼，就拿了你盒子裡的幾樣首飾。」這次輪到我表情停頓了，開玩笑開得自己心肝疼，自作孽。

醫生速速趕來，開始對我進行全方位檢查，確定身體無大礙，是病後體弱，需在醫院多調養一陣子；反正都住這麼久了，還怕甚，繼續住唄。

英國發生的事情，我們都沒有再提一個字，彷彿那只是一場夢，虛幻的噩夢，隨著我的高燒而蒸發。我知道唐宋沒有將這件事告訴任何人，因爲來看望我的朋友臉色如常；我也從沒問過那件事的後續、和一的下落，雙方都有默契地將那件事掩埋在記憶中。

我沒有太大的情緒起伏，能怎麼樣呢？事情已經發生了，我不可能去跳樓或上吊，不值得因爲別人犯的錯來懲罰自己。唯一的辦法就是忘卻，最大程度地忘卻。另一方面，我也不想讓唐宋擔心——雖說打從我醒來後他沒表現出什麼異常，可是感覺得到這孩子很在意我的情緒，我皺一下眉，他背對著我都能發覺。我覺得他的內心一定很累，我應該要有點自覺，不能再讓他受苦了。是以，我每天的任務就是有東西就吃，沒東西吃就開始玩線上遊戲，小日子過得很不錯。

還有就是，我總算歸納出一件事——蘇家明這傢伙，就是個無時無刻不湊熱鬧的傢伙，根本沒人通知他，居然找來了這裡。休息時淨跑來我這兒，拿別人探望我送來的水果零食狂吞，活脫脫一餓死鬼投胎。

我問：「奇怪了，你到底是怎麼找到這裡來的？」蘇家明解釋：「根本沒打算找你，我只是聽同事說這家醫院的護士個個年輕貌美如花，我就想，哪天一定得來這花園瞅瞅。結果一進來，就嗅著你的味道，追過來了。」

蘇家明的線上遊戲也打得很不錯，我倆雙賤合璧，搶了不少極品裝備，在網路世界裡引起罵聲一片；看在戰友的分上，我還是沒趕他走。

可是這天，遊戲打著打著，這孩子忽然問：「大綺，你到底發生了什麼事？」我心裡「咯噔」一聲，頗有戒心：「怎麼這麼問？」蘇家明將他隨身攜帶的鏡子遞到我面前：「你沒照照鏡子看嗎？整天吃這麼多，還這麼瘦，一定是有心事。」我仔細一瞅，確實啊，再努力一下就變成瓜子臉了。

我說：「現在流行瘦，很美的。再說，我大病一場，能不瘦嗎？」蘇家明有點忿忿：「你再騙、再騙我，整天也不跟我說句實話。失蹤這麼久，再見到你就是發高燒住院，而且還經常失神，你要是沒碰上什麼事，我名字倒著寫。」

我想寬寬他的心：「你眞的想多了啦。」他一臉奇怪地問：「那爲什麼，唐宋最近總盯著你，怕一轉身，你就出事似的。每次離開病房前，都叮囑我要好好看著你。」看來這蘇家明嘴裡沒塞東西吃的時候，還滿聰明的嘛。實在沒想到，我跟唐宋各自努力故作沒事，還是被人看了出來。

蘇家明隨便唬弄一下還能混得過去，但唯一就沒辦法了，畢竟我失蹤的那一個星期都沒接她的電話，緊接著又發高燒住進了醫院。她一聽說我昏迷，便趕緊從美國搭飛機回來看了我好幾次，生怕我一不小心嗝屁再也沒人跟她閒扯淡。我清醒後沒多久，這孩子又來了；來就來吧，我打定主意不讓她知道發生了什麼事。並非不把她當朋友，而是怕她太夠朋友，一旦知道我受欺負，一氣之下會做出些什麼舉動來。

唯一也沒再多問，每天就這樣來我病房閒晃個幾圈，帶點零食小吃雜誌什麼的過來。正當我慢慢放下心來，這孩子某天忽然站在病房門口，雙手環胸看著我，那眼神可瘆人了。

我本來正吃著烤雞翅，被她這麼一瞅，也吃不太下了，只能擦擦手問道：「怎麼了？」她問：「大綺，你算算，我們認識多久了？」我一聽，腦袋有點悶——這女人平時不太敘舊，一敘舊我就要遭殃。但話還是得說下去，我掐指算了算，道：「十幾二十年了吧，怎麼了？」

她繼續問：「我對你怎麼樣？」我聲情並茂地回道：「很好啊。如果你是男的，我就立刻拋下唐宋嫁給你。」話說得掏心又掏肺，就差沒聲淚俱下了。唯一皺眉，發怒了：「那你幹嘛被人欺負了不告訴我，不把我當姐妹，是吧？」

看樣子，英國那邊的事她已經知道七八成了。瞞也瞞不住，我繼續拿起雞翅啃，啃了一半，又放下，道：「唯一，你要我怎麼說呢？這件事我真的不願意回想，每想一次就挖一次心。我又沒有什麼月光寶盒，不能對著月亮高喊菠蘿菠蘿蜜，然後咻的一聲回到過去改變現實。我也知道，不提不代表事情沒發生過，它還是在那兒，一直都在，但總不能沒事就把它掏出來每逢初一十五祭奠一番吧？我有沒有拿你當姐妹，你心裡很清楚。你腦袋瓜那麼明白機靈，要是我有半點異心早就被你殺個七零八落了，還能好端端地躺在這兒？」

我眼見著一口氣在唯一的喉嚨裡滾來滾去，上不上下不下，憋得她夠嗆。好半晌，那口氣才慢慢消散，我這邊正捂著鼻子提防她的氣從小菊花散出，唯一忽然轉過頭去，半天都沒轉過來。

「怎麼了？」我連問了好幾遍，這孩子也沒把頭轉過來。我起身穿上拖鞋，跑過去抬起她下巴，往我這邊一轉，居然看見唯一這孩子眼睛紅紅的，在忍淚！我有點慌了，譚唯一從小到大沒怎麼落過淚啊。我說：「你別這樣。」

唯一忽然就哭了起來，眼淚嘩嘩直流：「爲什麼不能這樣，我承受不住啊。大綺，你爲什麼得受這麼多苦，他憑什麼這麼欺負你啊！」我抱著唯一，感覺自己的全身也隨著她顫抖：「欸欸欸，我眞的沒事，你看我不是好好的嗎？別哭了，看你這樣，我很難受，眞的。」

唯一乾脆趴在我肩膀上，哭得稀裡嘩啦的：「看吧，誰叫你不聽我的，非要嫁給那個什麼唐宋，認識什麼亂七八糟的人。要是不嫁給他，你心裡會這麼苦嗎，會受這個罪嗎？大綺，你不爲自己委屈，還不許我替你委屈。你從小就這樣，被你媽打也哼都不哼一聲，就朝著我笑，還說沒事。大綺，我譚唯一什麼都不怕，就怕你那樣的笑，太教人心疼了。」我有點手足無措：「唯一，我眞的沒事。」唯一凶我：「不許說沒事，我最討厭你逞強。」

我只好什麼都不說，安靜地拍撫著她的背脊，一下又一下。良久，等她止息下來，才緩緩道：「唯一，聽我說。這件事，我已經想把它忘記，不想再提起，畢竟，這不是什麼好事，對吧。說實話，我也不是逞強，當然，這一關我還沒過去，一想到唐宋親眼看見那件事，我就過不去。但又怎麼樣？人活一輩子，總有大大小小的艱難要熬，總不能吞一把安眠藥，眼睛一閉就不熬了吧。我還活著，唐宋也還活著，我跟他兩個人都願意一起去忘記。不告訴你，就是怕你去追究，這麼做眞的沒意思，那個人已經受到了懲罰，你不需要再去糾纏，知道嗎？」

好不容易，唯一才算聽進我的話，點了點頭。

我忽然想到什麼，問道：「對了，你是怎麼知道這件事的？」唯一解釋：「找私家偵探啊。唐宋雖然瞞得很好，可是總有蛛絲馬跡，再加上你的不對勁，自然也就曉得了。」我又想到一個最壞的可能，繼續問：「那你哥……他該不會也知道這件事了吧？」唯一不說話。她一不說話，我就知道事情糟糕了。

我火大了：「你怎麼能讓他知道這件事呢？」唯一委屈地說：「這件事還是他請偵探查的呢，我哪裡瞞得住啊？」我道：「你還有什麼事情沒交代的，一古腦全說了吧。」唯一的聲音小小的：「也沒什麼，就是……我哥他今天早上查到和一住在哪裡了。」一聽這話，我的心頓時涼了一大半，立刻撥打瑋瑋的手機，結果居然關機。

這下，事情絕對很糟糕——瑋瑋肯定是去找和一，幫我報仇去了！

愛的承諾，你願意給，我就願意信

當務之急就是趕緊找到瑋瑋，否則眞不知道他一怒之下會做出什麼樣的事。瑋瑋這個人我很清楚，雖說平時看起來冷冷冰冰的，緊要關頭卻會做出驚天動地的大事。

我問：「私家偵探有沒有跟你說和一的地址？」唯一答：「沒有啊，我剛剛說了呀，是我哥一直在跟偵探聯繫，至於是哪一家，我根本不清楚。」此刻她也有點著急了，問，「糟糕，我哥該不會一時衝動做出什麼事吧。」

兩個女人在病房裡瞎轉踱步也不是辦法，但這件事我實在不想、也不能找唐宋幫忙，情急之下只能奪過唯一的手機，撥了電話給段又宏。

沒多久，那頭傳來一慵懶性感的男聲：「寶貝，你終於還是向我投降了。」我大吼：「投降你個頭，我是秦綺！」段又宏笑道：「喲，是綺姐啊，找我什麼事？」此刻，我眞討厭他的嘻笑：「出事了！」段又宏頓了頓，再開口，口吻已轉爲嚴肅：「是不是唯一發生了什麼事？」

看來他還滿在乎唯一的，看在這個分上我也不跟他生氣了，只將事情大致告訴了他，要他趕緊幫忙查出和一的下落。段又宏答應了。

在病房裡慌亂半個小時後，段又宏回撥了一通電話過來，要我們立刻準備好，他人已經等在醫院門口。我倆趕緊走出醫院，上了他的車，沒耽擱任何一分鐘。他踩下油門，加速前進。

我著急地問：「查到了嗎？」段又宏要我們寬心：「不遠，就十幾分鐘的車程。」我總算知道，唯一爲什麼會愛上段又宏；這男人，該遊戲人生時盡情遊戲人生，該認眞辦事就認眞辦事，兩不耽誤，確實値得人愛。

車駛進了一處停車場，大老遠就看見兩道身影糾打在一起，活像兩頭怒極的豹子，正撕咬著。段又宏連忙上前想拖開他們，結果被捲入戰局，無辜挨了一拳。這人也是個不服輸的傢伙，趁亂還給和一、瑋瑋一人一拳，再退回來，對我聳聳肩，表示他已盡力。

我想上前阻止，卻被唯一攔住，道：「算了，反正沒動槍沒動刀的，死不了人。就讓他們去打，打到沒力氣，自然就停了。」段又宏表示贊成，還走到附近的日本料理店外帶了壽司和生魚片回來，而後他倆像看表演一樣看打架。果眞不是一家人不進一家門，我瞬間覺得，段又宏和唯一般配得很。

待生魚片和壽司吃得差不多了，打架的兩名當事人也沒了力氣，最後一招是——瑋瑋一拳打在和一的胸口，和一悶哼一聲，倒在地上，而瑋瑋最後也失卻力氣，往地上一躺。

我走過去，等地上喘著大氣的兩人休息完了，便問道：「怎麼樣，打完沒有？」兩人都不吭聲，我繼續刺激著：「你們要不要繼續打？我去隔壁買點繃帶紅藥水之類的等你們打完。」

好半晌，和一開口，道：「是他先開車來撞我。」瑋瑋冷道：「只可惜老天沒長眼，被你躲開了。」和一繼續跟瑋瑋抬槓：「欸，別隨隨便便怪老天，是你自己開車技術不好，關人的事。」唯一看這場架差不多已經打到尾聲，便打個呵欠，道：「大綺，這裡就交給你了，我跟段又宏先走啦。」說完，風風火火地拉著段又宏走人。

我知道唯一這麼做是爲了顧及我的面子，怕萬一有人當著段又宏的面說出那件事，我會承受不住。當下，偌大的停車場就剩下我們三人。

我先對瑋瑋開炮：「譚瑋瑋，你以爲自己是半個外國友人就了不起是不是，你以爲撞死他你不用償命是不是？」瑋瑋話說得那叫一個淡定：「他該死，要我償命，我償就是了。」我說：「可以，不過你殺他之前，拜託把我一併給殺了。」瑋瑋瞅著我，那冰冷的小眼神看上去很受傷，他一定是懷疑我得了那風靡全球的斯德哥爾摩症候群。

爲了避免自己被當成斯德哥爾摩症候群患者，我趕緊解釋：「你就沒想過，要是你因爲這件事有個三長兩短，我要怎麼面對唯一，怎麼面對你的父母，怎麼面對我的良心。所以啊，你要是想殺他，我也不攔，不過你得先把我殺了；你要是不殺也可以，我肯定會在你的死刑判決書確定時跳樓。你也知道，我夫家現在只有兩層樓，死不了人，還得跑回娘家去跳。你也知道的，我娘家在廿三樓，摔下來絕對腦漿四濺，面目全非。」確實，瑋瑋要是因爲幫我報仇而出事，那我怎麼也還不起，還不如捨棄自己一條小命，一了百了。

瑋瑋低頭，抹去自己嘴角的血跡，那血眞黏，眞稠。好半天，他才抬起頭，睜著一對藍珠子眼睛看著我，問——「秦綺，你要我怎麼辦？」我看得懂瑋瑋的眼神，聽得懂他的意思。

是啊，我要他怎麼辦，他對我是什麼心思，我嘴上裝糊塗，心裡裝不了糊塗。他對我從來那麼珍愛，結果冷不防地，我居然被另一個男人欺負了，他心裡絕不可能好受。我知道他是心疼我，爲了幫我報仇，他不把自己的命放在眼裡。我是眞的感激瑋瑋，然而越感激越是心慌。我還不了他的情他的心，這輩子我都還不了。

我輕輕地說：「瑋瑋，我知道你對我好，我知道你是爲了我才會做這些事。但是我現在想要的、所希望的，就是我愛的人都平平安安的——唯一、你、唐宋、我外公外婆、秦麗、蘇家明，只要你們安好平順地活著，活得好好的，我眞的什麼都不在乎，你明白嗎？要是你眞的因爲我而出事，那會將我往絕路上逼的。」這番話，我說得很認眞，確確實實地發自肺腑。

瑋瑋用他那雙美麗的藍眼睛盯了我好久，這才低下頭顱，徹底投降。我對他說：「瑋瑋，你先到外頭等我吧，我跟他還有幾句話要說。」

他自然不同意我單獨跟和一待在一塊兒，怎麼也不肯移動腳步，還用那眼睛告訴我——「秦綺，你膽子眞大。」我也用眼神回了這番話——「我膽子不大不行。我也不願意看見他，是你逼我見的。既然見了面，要說的話，就一次說清楚。」瑋瑋也累了，最終投降，起身，一瘸一拐地走到停車場入口等著。

這是我與和一在那件事之後的首次見面，說實話，感覺很複雜。

正想著該怎麼開口，地上的和一揚起頭，頸脖形成一條優美的弧線，有點像天鵝，驕傲而孤獨。他說：「大綺，連蘇家明你都算進去了，就是不算我，是盼著我不得好死吧。」我說：「你要怎麼想，我無法控制。」

和一仰著脖子微笑，嘴角的弧度參著血水，看上去挺瘆人的。笑著笑著，他忽然停下，道：「大綺，你別再嚇我了。」我不明白：「我怎麼嚇你了？」和一一直閉著眼睛說話：「你再怎麼惱我、氣我，你想咬我、砍我、殺我都可以，就是別自己憋著，憋成病，在醫院一躺就是一個月。這一個月，你知道我是怎麼過的嗎？」

我不說話。

和一緩緩地說著，頭上的血慢慢地流下，一股一股：「唐宋跟我絕交了，我是眞的捅了他的心窩。我跟他做了這麼多年兄弟，算是生死之交，他也跟我斷了，但這不重要……不是最重要的，最重要的是，你一直在昏迷。我想去看你，但唐宋一直死守著，不許我靠近你半步。大綺，你要是去我家，打開床頭櫃，你就會看見裡面有一把小手槍。我告訴自己，要是你眞的去了，也沒什麼，我就一槍斃了自己，跟著你下去，跟著你一起投胎，變成你弟弟，讓你下輩子永遠牽掛著我；有血緣上的關係，你再怎麼想甩也甩不掉我。」

我說：「現在說這些，眞的沒什麼用了。和一，你是成年人，在你下手之前，後果我已經告訴過你。但你還是做了，代表你願意承擔，那麼現在就是你承擔的時候。」我知道自己很鐵石心腸。按理說，和一對我的執念也算是一種感情，他說願意捨命來陪我，我理應有所感動，但一想到那件事，我是眞的難受。

和一睜開眼，裡面有著滿天滿地的純：「我沒逃避，我也不是想祈求你的原諒，我知道自己沒這個資格祈求，我只是……想再看你一眼。大綺，剛剛譚瑋瑋開車撞向我時，我是眞的怕了，不是怕丟命，而是怕死前都沒法見你一面，那我會死得很屈。」我轉頭，避開他的眼睛，那眼睛我承受不住：「見我做什麼？兩個人都不好受。」

和一的聲音在我耳邊飄盪，如鬼影：「要是我知道見你要做些什麼，要是我這麼能控制自己，也不會成了今天這副樣子。我還是照舊能遊戲人生，跟一群沒心的美女睡覺遊玩，跟兄弟喝酒吃肉，我不會落到今天的地步，不會落到自己一顆心全交出去的地步。大綺，我的心在你手上，我的心已經沒了。見不到你，我的心空落落的。」我說：「你必須習慣，因爲今後，我都不想見你。」我大綺確實很絕情，聽了他的話，一點也不爲所動。

和一沒激動，聲音中甚至有微微的笑意：「大綺，可是我做不到。不見你，我做不到。」我還是沒看和一的眼睛，因爲眞的累了：「那要怎麼辦？你做不到，所以你就可以理直氣壯地每天在我身邊打轉，讓我無時無刻不想起那天發生的事情，讓我在唐宋面前永遠都要避開眼睛，讓我餘生都要被你的錯誤折磨至死、無法眞正開心，是嗎？」

夜深人靜之時，我也曾無聊地想過自己爲什麼獨愛唐宋，最後理出的答案是——他讓我放鬆。跟和一在一起，總是很累，要面對他的所有突發舉動，要有一顆非常強悍的心才能與他抗衡。很多時候，和一要的是一個對手，而非一個女人，他需要我跟他鬥智鬥勇，天天跟他作對，創造出意外和趣味，讓生活變得不再沉悶。一天兩天還可以，但長久下去眞的太累，人不能總靠著打興奮劑過活。我要的生活其實很簡單，就是安靜平和，就是和愛的人靜靜坐在窗前看夏花燦爛，看冬雪潔白。但和一不是那樣甘願沉默的人，跟他在一起，我一天得當成三天來活，是眞的累。

和一解釋：「我並不想傷害你，大綺，我是這個世界上最想帶給你快樂的人。」我歎口氣，輕聲道：「這就是你我的分歧點所在。你想要的是——我的快樂全由你來給予，一旦別人給予我快樂，你就會進行破壞。你就像個孩子，一個任性過頭的孩子，把我當成了你的私有物。和一，你說你愛我，但你從沒做過一件讓我快樂的事。和一，給我時間，讓我忘記那件事，否則我會發瘋的，你明白嗎？」

和一沉默了許久，再開口時，他的聲音有點澀：「好，大綺，你要我怎麼做？」我說：「不要讓我見到你。」和一問：「期限呢？一輩子嗎？」我反問：「我要是說一輩子，你會同意嗎？」答案是很明白的，和一需要我的讓步。我說出了最低底限：「至少，在我淡忘那件事前，你得消失在我的生活中。」看來，我根本沒有其他選擇。

和一又笑了起來，我不喜歡他的笑，太涼了。我說：「和一，事情發展至此，已經不只你一個『受害者』，我們每個人都在犧牲。」和一呼出一口氣，聲音變得釋然：「大綺，你放心，就算是一輩子，我也會等下去。我這個人已經廢了，被你廢了，回不了頭了。我陪你，一起熬，一起犧牲。我答應你，這段日子，我走，走得遠遠的，讓你看不見我。」說完，他支撐著起身，滿身傷痕，卻不顯狼狽，他沒再看我，一步步走出了停車場。

和一說話算話，隔天就出國了，給了我遺忘的空間；當然，這都是後話。

當下，我實在擔心瑋瑋的傷勢，趕緊也把他逮回醫院包紮。一路上他都不理我，任憑我說什麼也不吭一聲，我沒輒，乾脆不說話。

回到醫院才發現自己闖禍了。剛才出去得太急，沒跟醫生護士打聲招呼，結果一回來發現整間醫院都在找我，平日照顧我的那位護士一見我，急道：「唐太太，你嚇死我們了。唐先生一回來沒見到你，急得到處找。」

我趕緊走回病房，一進門，迎面撞上了唐宋。我腦子開始飛速運轉，想找出一個理由搪塞，當然不能實話實說——和一，已經變成我倆之間的禁忌話題。

「剛才，唯一有事找我，所以……」我正忙著編造謊言，唐宋卻一把握住我的手，輕聲道：「沒事就好。」他看起來很鎮定，一雙手卻很冰涼，涼得我有點愣——是害怕我出事嗎？

唐宋問：「以後出門時，打個電話給我，好嗎？」我點頭。是我疏忽了，不該再讓他擔心。這段日子，唐宋瘦了不少，我知道，他擔心我會做出什麼事情來，便沒日沒夜地照看我，我不該再這麼讓他擔心。我說：「不會了。以後我出門，一定先向你報告。」

我和唐宋這邊正夫妻情深，忽然想到了瑋瑋。

回頭一看，瑋瑋正盯著我們看，那眼神還眞……我有點尷尬，便要唐宋幫忙送瑋瑋到外科包紮傷口。經過檢查，所幸全是外傷，不過手上有一處傷口需要縫合。我再怎麼鐵石心腸的一女漢子，看著那針穿進瑋瑋的皮肉，心裡還是難受得緊。包紮完後，唐宋去幫忙拿藥，我和瑋瑋在走廊上的椅子坐著等。

我由衷地謝謝他，不只爲了今天的事，還爲了過往的一切：「瑋瑋，眞的謝謝你。」瑋瑋道：「我們之間，還需要說這兩個字嗎？」確實不應該。但，我除了說這句話還能怎麼樣呢？瑋瑋忽然問：「你還打算跟他一起過嗎？」我點頭。

瑋瑋的藍眼睛底部有著溫潤的冷色：「我不放心他，他保護不好你。連自己的老婆都保護不了，算什麼男人！」我想了想，道：「這次的事情不能怪他，況且我也沒那麼柔弱，需要別人整天保護。」瑋瑋輕聲道：「大綺，你總是學不乖。會哭的孩子才有糖吃，你一直以來脾氣都那麼硬，什麼事都自己扛著，看了讓人生氣，也讓人心疼。」

我對著他笑：「我可以的，你放心。」瑋瑋看著我，看得我心裡發毛，忽然，他一隻手將我摟了過去，緊緊貼著他的胸膛：「大綺，爲什麼你就是這麼執迷不悟，爲什麼總喜歡往受傷的地方撞，爲什麼就是不肯給我機會讓我保護你。我眞的看不得你受傷，有時候眞想把所有傷害你的人都殺了，和一算一個，唐宋更算一個。」

我的耳朵被迫著貼在瑋瑋的胸膛上，清晰地聽見他的聲音在胸腔中奔騰。這個男人，是眞正的想對我好。我問：「爲什麼唐宋要『更』算一個？」瑋瑋的聲音比眼睛更冷：「和一傷的是你的身子，他傷的是你的心，更該死。」

貼在他的胸前，我瞬間想起了許多往事——我、唯一，還有他，以前每次一塊兒出去吃麻辣鍋，他總是靜靜地聽我跟唯一聊八卦，再默默地往我碗裡夾我愛吃的菜；還有，不管功課再怎麼忙碌，我去他們家找唯一時，他總會從房間裡出來，拿本書在沙發旁邊守著我；還有，我跟唯一喝醉時，他會將我們兩個撈回家，細心地替我擦臉，清理我吐出的濁物，沒有一句怨言……想到這些，我在他胸口很認眞地道：「瑋瑋，我以後眞的不會再受傷了。我答應你，會好好地保護自己，不會再讓你擔心。」

我感覺，這算是我所說的話當中比較像人話的一種，可惜瑋瑋沒什麼反應，似乎被其他事物奪去了注意力似的。我忽然想到什麼，連忙把頭從瑋瑋胸前掙扎出來。一看，果然，唐宋拿著一袋藥，站在不遠處望著我們。我今天是眞的背，居然被當場抓姦了。

這算是唐宋第二次親眼看見我和瑋瑋有點什麼什麼了，這很不好解釋啊。我有點小慌張，但眼前的兩個男人還算鎮定。

瑋瑋從唐宋手中取過藥，直接走了。其間，兩人對了一句話——瑋瑋說：「謝了。」唐宋答：「沒事。」就這樣，瑋瑋回家養傷去了，我則繼續待在醫院裡。

把頭枕在瑋瑋懷中這件事，我到底是交代還是不交代；如果要交代該怎麼交代，這是個問題，直到晚上，我和唐宋也沒怎麼說過話。

晚上十一點鐘，唐宋開始在病房的沙發上鋪被子，我道：「我已經沒什麼事了，你回家去睡，會舒服些。」唐宋問：「你不希望我在這裡嗎？」我解釋：「不是，我是怕你累壞了。沙發這麼窄，你總是曲著腳睡，難受啊。」唐宋一邊說一邊拿著被子朝我走來，道：「這好解決。那今晚，我就跟夫人擠同一個被窩吧。」正想拒絕，但唐宋動作快，已經鑽了進來。

床小，兩個人挨得近，我有點不習慣。英國的事件過後，不知什麼原因，我一直有點抗拒唐宋的碰觸，並且不斷地忍耐著。就像現在，閉上眼睛，我決定速速入睡。

可是關燈沒多久，唐宋的手開始解我衣服扣子。我裝睡，轉個身，背對著他。但這招沒什麼用，他的手仍舊不離不棄。我只能直接說：「唐宋，我今天身體不是很舒服。」可是唐宋卻在我耳邊輕道：「別擔心，我會讓你舒服。」說完，他的手從我上衣下襬進入，直接撫上胸前。

那個瞬間，我像被電到似的，猛地將他推開，力氣頗大。推開之後，我的身子還在不自覺地顫抖。月色下，唐宋看著我，一雙黑眸很安靜。我解釋得有點吃力：「我是眞的……不舒服。」唐宋看了我半晌，眼神一直很溫柔，他伸手輕輕擁我入懷，單手有節奏地拍撫著我的背脊：「好了，沒事了，我們睡覺。」

我的身子依然在顫抖，克制不了，那種顫抖是從心底發出的，我努力想壓抑，卻徒勞。唐宋一直擁著我，耐心地安撫著，起碼過了十分鐘，我的身體才靜止下來。我一直以爲自己能熬過這件事，但身體的反應徹底暴露了自己的懦弱——我害怕更深層的身體接觸，我害怕再在唐宋面前赤裸，這會逼我記起那天他在樹林裡看見我受辱的場景。

唐宋輕聲道歉：「是我不好。別怕，我只是抱著你，好嗎？」我點頭，努力想讓身體放鬆。只要唐宋不碰我的衣服，我是很喜歡待在他懷中的，安全又舒適。

睡著睡著，忽然聽見唐宋說：「譚瑋瑋對你眞好。」我睡得迷迷糊糊的，也沒怎麼在意，就隨便「嗯」了一聲。唐宋繼續問：「和他認識很久了嗎？」我還是睡得迷迷糊糊的，答：「嗯，很久了。」唐宋問：「夫人，我能問你一個問題嗎？」我答：「問吧。」聲音軟綿綿的，睡意濃厚。

終於，唐宋嚴肅地問出了這個問題：「你，爲什麼要選擇我？」這個問題不簡單，直接趕跑了我所有的瞌睡蟲，趕緊清醒，嚴陣以待。我答：「和你選擇我的原因一樣，緣分。」我這話頗有電腦修圖效果——美白、祛痘、拉長；緣分，讓我們的相遇看起來很美。

唐宋道：「我看得出來，譚瑋瑋是眞的很喜歡你。」我開玩笑：「怎麼，你羨慕嫉妒恨？」唐宋竟很認眞地「嗯」了一聲，重複道：「羨慕嫉妒恨。」我笑：「你是想說，你羨慕嫉妒恨瑋瑋喜歡我？意思是，你對瑋瑋有意思？」唐宋開始邪惡了：「兩個男人能怎麼樣，槍對槍的。」我提議：「轉個背不就得了？」唐宋沉默半晌，終於道：「夫人，你太凶殘了。」其實我很想告訴唐宋，我眞正凶殘的時候，他還沒見識過呢。

鬧完一場，準備睡覺，但唐宋這次卻是眞的認眞，不放過我，繼續問道：「你還沒正面回答我的問題。」我嘟囔著：「有什麼好回答的，我想睡覺。」唐宋這次來眞的：「回答了就讓你睡。」

被他問煩了，我直接撐起身子，趴在他胸膛上，盯著他，一字一句地道：「唐宋，你要知道答案，是嗎？那好，我告訴你。之所以選擇你，是因爲我愛慘了你，第一次見面我就陷進去了，出不來了。一天沒見你，我就心發慌；兩天沒見你，我就瘦兩斤；要是三天沒見你，我鬱悶得眼睛都小一圈。我愛你愛到墳墓裡，我發誓，這輩子要是做不成你的老婆，就一定要當你兒子的老婆；還好你挺身而出，拯救了你兒子。總而言之，言而總之，我愛慘了你，所以才會拋棄所有優秀的追求者，不顧眾人反對，跟你結婚。」

將這番話一古腦地說完，我看著唐宋，他也看著我，我倆大眼瞪小眼，在月色中對看了好久。

當久到快要情不自禁惺惺相惜忍不住親一個時，我「噗」的一聲笑了出來：「唐宋，你眞的相信了？你的樣子太認眞了，我受不了了，哈哈哈哈哈。」我拚命地笑著，甚至笑得落了淚——最眞的話，最假的笑。唐宋也笑了，笑中帶點緊張過後逐漸放鬆的味道。

我譴責著自己——「秦綺，你嚇壞人家了，眞不應該啊。」笑過之後，我倆便一起往睡覺那旭日狂奔。唐宋從背後擁抱著我，兩人身體彎曲，曲線完美貼合；據說，心理學上認爲這種睡姿，代表你背後的這個男人願意給你愛的承諾。承諾就承諾唄，他願意給，我就願意信。

幾天之後，營養補充完畢，我也該出院了。唐宋早早替我辦好了手續，接下來便帶著我出院。由於前一天打遊戲打到太晚，一上車我便躺在副駕駛座上閉目假寐。車子行駛了不知多久，唐宋道：「到了，下車吧。」我睜眼一看，發現事情不對，再揉揉眼睛，發現還是不對——這不是我們家，是機場！

我看著唐宋，問道：「官人，你要賣我得去火車站。走錯地方了，飛機上不時興賣人。」唐宋笑答：「哪裡捨得賣啊？我留下來慢慢吃。」唐宋走過來，打開車門一把抱我下來，接著又到後車廂取出行李。

我問：「這到底是要做什麼啊？」唐宋一手拖著行李，一手拉著我往機場大廳走：「去海南島。」我一時回不過神，等回過來了，便開始抗拒：「不行不行，我還得上班呢！」唐宋說：「你上班的地方，我已經幫你請好假了。」我忙道：「那也不行，我什麼東西都沒帶呢。」唐宋輕鬆以對：「到了那邊再買，人家那裡的東西比我們這兒還齊全。」

我又說：「對了，車……車子還停在外面呢。」唐宋早有準備：「我已經叫楊楊他們幫忙開回去了。」我吐露實話：「還是不行。我……我……根本就不想去。」唐宋毫不動搖：「我們這算是度蜜月，夫人一定得去。」我問：「上次不是度過了嗎？」唐宋笑答：「蜜月不嫌多。」

就這樣，我被唐宋一路拉著，塞進飛機，根本沒有反抗的機會。幾個小時後，就這麼到了海南島。一出機場大門，有輛車在外等著，據唐宋說是向朋友借的，司機載我們到一幢海邊別墅。

進門，拉開白色窗簾，往陽臺一站，我整個身子都清透了。陽光、沙灘、碧藍的大海，再沒有比這更能讓人心情放鬆的景色了。

我對著美景深吸口氣，背後傳來唐宋的聲音：「夫人現在在想什麼？」我閉著眼，輕聲道：「我在想，嫁給你，還真是嫁對了。」唐宋問：「原來我的價值只在於一次海南之行啊？」我說：「當然囉，你的價值還體現在其他許多方面，有待我今後慢慢發掘。」

這一整天都在趕路，有點累，便拿了換洗衣物進浴室泡澡。浴盆是木桶式的，躺在裡面，聽著波浪聲，讓人全身的骨頭縫都鬆了三寸。正放鬆之時，忽有雙手放在我赤裸的肩膀上，唐宋的聲音曖昧紅暖：「那麼，這個算不算也是體現我價值的一種呢？」

他的手順著我的肩膀向下滑動，我忍耐著，拚命地告訴自己「這是唐宋，我最愛的唐宋」。然而理智戰勝不了情感，當他的手繼續在我身上游移時，我站起，迅速用浴巾裹住自己的身體，頭也不回地輕聲說道：「我已經洗好了，先去睡一會兒。」說完，便朝浴室外走，只留下唐宋一人，靜靜待在我背後。

我知道這樣不好，但，心裡苦衷不少。正當要走到床邊時，唐宋如一隻獵豹般輕捷地趕來，猛地將我撲在床上。腦海裡，那深藏許久不願回想的記憶忽然爆炸，炸得我血肉模糊，疼痛不堪——痛苦地蹬著四肢，雙眼仰望天空，急促的喘息在腹部形成巨大的凹凸感。

我聽見自己發出尖銳的叫聲，那聲音就連我自己聽了也覺得不寒而慄——寒冷而淒絕。那聲音也震驚了唐宋，他捂住我的嘴，在我耳邊用最輕最柔的語調道：「秦綺，是我、是我，不是別人。你看清楚，是我。」像是穿過了很長很長的傳輸通道，他的聲音才傳進我的腦海。我逐漸冷靜下來，這才發現渾身遍布冷汗，可見剛才情緒波動之劇烈。

我倆躺在床上靜靜地喘氣，很久都沒說話，只聽見此起彼伏的海浪聲，以及偶爾傳來的遊人嘻笑聲。唐宋率先打破了沉默，決定談論這件事：「大綺，你是不是很害怕我碰你？」事實確實如此，然而我卻不知該如何開口。否認便是撒謊，承認則會讓我難受，我只能選擇沉默以對。

「別害怕，是我，我是唐宋，我是你丈夫，我再也不會讓任何人傷害你。」唐宋的聲音還是那麼柔，語氣中卻有著絕對的堅定，「不要害怕。」唐宋慢慢地將手伸向我……我閉上眼，重複著唐宋告訴我的話——「這是唐宋，我的丈夫，我拚了小命也想嫁的人。」但是沒用，當他的手碰觸到我的肌膚時，我仍像被火燒了一般猛地跳開。還是失敗了。

我知道這是那件事的後遺症，而且是很嚴重的後遺症。我的躲避代表那件事根本沒有過去，代表和一仍舊在我們中間。我和唐宋在這段時間裡的談笑，這段時間裡的掩飾，甚至連這趟海南之旅全都是可笑的徒勞掩飾。

後來我一直沒有再和唐宋說話，兩人之間的氣氛沉悶至極。這樣的煎熬一直持續到第二天。十幾個小時當中，除了他一句「你醒了」，以及我一句「嗯」之外，沒有其他對話。

雖然在冷戰，但人的肚子還是得塡飽，唐宋載我到附近一家館子吃海鮮自助餐。不愧是靠海的地方，這裡的海鮮種類很多，新鮮且個頭大，光看就讓人食指大動——蘇眉、白鯧、花蟹、鮑魚、香螺、生蠔、扇貝、龍蝦……應有盡有。

早有前人血淋淋的教訓告訴我們——夫妻冷戰時，絕對不能去吃到飽自助餐。果不其然，吃了十幾分鐘，我居然發揮不到自己平日百分之二十的水準，唐宋那邊也好不了多少，本來平常食量就比我小，今天吃的更是少得可憐。虧了，今天這頓絕對虧了。我爲自己在高級自助餐面前首嘗敗績，深感羞愧。

正羞愧著，忽然發現前方有一陣小騷動。細細一看，發現是兩個年輕女孩因爭搶位置而打了起來，你推我，我推你，活像搶老公似的。正進行到猛烈之時，有個強壯男忽然從天而降，擋在A女面前，一巴掌將B女打翻在地。原來，強壯男是A女的男友，可憐的柔弱B女倒在地上，想起都站不起身，那對男女朋友還在指著她罵罵咧咧。

現場頓時一片譁然，我也有點小義憤填膺——雖然那兩個女的都不是什麼簡單的傢伙，但女人吵架，你一個大男人的勸架就好，居然猛地跳出來，冷不防打對方一巴掌算什麼啊！男人打女人不說，嘴裡還繼續不乾不淨地罵著，也太過分了。

雖然現場大多數人的心情和我一樣，但眼瞅著那強壯男的胸肌腹肌二頭肌，實在沒人敢上前。強壯男見沒人出面，氣燄更加囂張，活像秋收螃蟹般橫著走，繼續指著倒在地上捂臉垂淚的B女狂罵。

正罵得起勁，有個人出場了，勸道：「先生，這太過頭了吧。」我定睛一看，發現出場之人正是自家老公唐宋，趕緊扔下螃蟹腿，跑上前去跟著。

強壯男氣勢正盛，朝唐宋冷哼一聲，道：「干你屁事。」唐宋說：「你一個大男人當眾打女人，也做得太過分了。」強壯男被徹底激怒了，道：「老子不僅要打女人，還要打你！」說完，便舉著他那過度發達的二頭肌朝唐宋揮去。這一拳來勢洶洶，直接對準唐宋的臉揮去，這完全是赤裸裸的嫉妒，嫉妒人家唐宋的俊臉。

畢竟是自小就在軍隊裡混的人，毫無意外地，唐宋躲過了這一拳。不僅躲了過去，還順勢給了強壯男一拳，恰好打在他胸口上——我覺得唐宋這也是嫉妒，嫉妒人家華麗麗的胸肌。這一拳的後果頗爲可觀，只見強壯男捂住胸口大半天，臉部扭曲得像擰麻花似的。

Ａ女見自己的男友被打，登時揮舞著滿手的水晶指甲朝唐宋撲來，看來打趴Ａ女的難度簡直比強壯男還高，再加上好男畢竟不能跟女鬥，唐宋不能對她動手，他臉上、脖子登時出現了幾道鮮紅的指甲劃痕。見自家老公受了傷，我徹底憤怒了，原地滿血復活，立刻撥開人群，擋在唐宋面前，一手抓住Ａ女的頭髮，一腳將她絆倒在地。女人跟女人打架，根本不用顧及什麼江湖道義。

我和唐宋就這麼一戰成名，當時店裡的客人封我們爲「神鵰俠侶」，江湖小道消息甚至傳聞我倆是國家祕密培養的特務。我對神鵰俠侶這稱號很不滿，多不吉利啊，詛咒唐宋斷臂也就算了，還詛咒我十六年沒性生活，群眾眞是太惡毒了。

不過，這場架打得眞不錯，把我跟唐宋之間的尷尬氣氛全打散了。

從餐廳出來，我看著唐宋的傷，忍不住笑了出來。唐宋有點小不滿：「我說，夫人你也太幸災樂禍了，我受傷了你還笑。」我取笑：「沒辦法，你也太憐香惜玉了吧。現在你總算知道，你家夫人我，還算是比較溫柔的女性吧！」唐宋低頭，半晌，抬眼，道：「經過剛才那一戰，我發現，今後果然不能做什麼壞事，否則你絕對能一腳把我的腿給踢折。」我解釋：「我那是犧牲淑女形象，從梅超風手中救你耶。」

其實，我眞的算是已婚婦女當中挺溫柔的了。我們辦公室的老徐，一百八十公分高的個頭，有天哭著跑進辦公室，全身是傷，哭得傷心欲絕，說是被老婆用曬衣桿打的。眞該讓唐宋出去見識見識，否則他總以爲我是女流氓。

唐宋問：「想去什麼地方玩？出來一趟，總得好好玩一下。」我提議：「天涯海角好了。」但唐宋不同意，理由是，據說夫妻情侶去了那裡會分手。說實話，一聽他阻止，我心裡還是有點小甜蜜的，但仍想逗逗他，便道：「欸，原來你會想跟我白頭偕老呀？」唐宋道：「這年頭，娶個老婆太不容易了，怎麼也得抓牢啊。」

最終，我們決定去海灘玩。

平日我通常穿連身泳衣，但到了海南島，四周穿比基尼的女孩多如繁星，我咬咬牙，也買了一套嫩黃色的比基尼換上；爲了加強效果，還在胸罩裡墊了兩個小枕頭，好東西啊，瞬間增大一個罩杯。步上沙灘，男人的回頭率還是滿高的。唐宋躺在沙灘傘下，好整以暇地瞅著我，那小眼神，隔著墨鏡炯炯依舊。

我問：「認不出我了？」唐宋直言：「認得出人，認不出胸。」我挺胸回應：「這才是我眞正的水準。」不理他的調笑，我坐在沙灘巾上開始擦防曬乳。唐宋的手動了一下，最終卻遲疑了，大概是想幫我擦，又怕刺激我，便作罷。待我擦好，我倆躺下，一起看天看海，最重要的是看人——沒辦法，俊男美女太多了，不看白不看，我們甚至一邊看一邊評論。

我指著一個起碼E罩杯的骨感美女，悄聲對唐宋說：「你看那女孩，那裡絕對是假的。」唐宋問：「你怎麼知道那裡是三聚氰胺？」一聽這話，就知道唐宋是個沒經驗的，我立即爲他補足基礎知識：「你想啊，哪有鎖骨這麼明顯、胸卻這麼大的人？她家的脂肪難道還長了眼睛，全往重要部位長？又沒安裝自動瞄準系統。」

不僅討論女的，我倆也討論男的。有個身材瘦弱、但下身「茁壯」的男子從我們身邊走過，泳褲包裹得緊緊的，將自家的「雄偉」顯露得淋漓盡致。我忍不住就「哇」了一聲。

唐宋在一旁提醒：「那裡也不是眞的。」我好奇心大盛：「這個也能做假？這是塞東西進去，還是手術植入啊？」唐宋卻說自己不甚清楚。我告誡唐宋，這是法治社會，說話是要負責任的：「那你怎能斷言人家那裡是假的？」唐宋慢悠悠地道：「在我心中，比我厲害的，都是假的。」終於發現，唐宋這孩子，內心眞是無比強大。

陽光和暖，我躺在沙灘上睡了好一會兒。倒也沒睡熟，只是那種感覺太舒服了——溫暖，安心，面朝大海，春暖花開。睡得差不多了，慢悠悠睁開眼，才發現唐宋一直在旁邊看著我。我有點不好意思：「怎麼了？」「你睡覺的時候，好像小孩子。」唐宋微笑地說。那笑容實在太療癒了，那叫一個唇紅，那叫一個齒白啊，勾引得我心臟咚咚直跳。

我問：「爲什麼這麼說？」唐宋的聲音帶有此刻陽光的溫度：「你睡得很安靜，而且時不時還會微笑，似乎對這個世界感到很滿足，一點點東西都能帶給你極大的快樂。」我對他的解釋，總結道：「又傻又萌？你該不會經常看我睡覺吧？」本來是玩笑話，哪裡曉得唐宋卻承認了：「是的，半夜醒來時會看。」我眞的好想罵聲娘，難怪睡夢中經常覺得被人盯著看，背脊都涼涼的，敢情是唐宋半夜沒事扮鬼嚇我。

唐宋忽然伸手捏了我的臉頰，道：「我在想，我們以後的小孩是不是會跟你一個樣？應該是個女兒，跟你長得差不多，眼睛笑起來彎彎的，就是臉要圓一些，希望長得像小包子。」我說：「長成什麼，也不能長成包子，否則一定被狗咬。」我心裡卻有點異樣的感覺，心臟跳動得有點快，因爲這是我倆第一次談到孩子的事情。

生孩子，我不是沒想過。有時，過來人總勸說要早點生孩子，男人有了孩子，一想到你是自己親生骨肉的母親，就會多放點心在你身上。但我卻不這麼想，我不希望自己的孩子是爲了彌補父母的關係而出生，這對孩子來說太不公平。我提議「下海去玩玩」，藉此不再想這個問題。

我們先一起游了一會兒，之後唐宋便到更深的地方衝浪去了，我膽子沒這麼大，只在淺水處望著他——運動中的唐宋有種不同以往的獨特味道，很有活力。以前一直以爲他很安靜，但接觸久了才發現，他也是一個有著七情六慾的人，我更喜歡這樣的他。

忽聽見有人用英語道：「小姐，你的泳衣帶子有點鬆了。」我下意識趕緊摸了摸頸子上的泳衣繫帶，果然已經鬆開。還好已經下過水，泳衣緊緊地貼在身上，否則早就春光大洩了。連忙將帶子繫好，確定無恙，再回頭向好心人道謝。

好心人是個外國帥哥，金髮碧眼高鼻多毛，笑起來可陽光了。我頓生好感，和他聊了起來。好心人名叫傑夫，是從美國來度假的，喜歡中國，說中國景色真的美，很喜歡宮保雞丁和北京烤鴨，跟我一樣是個貪吃的傢伙。

問他「怎麼會一個人來」，這孩子說自己本來是和女友一起來的，結果前天吵架，女友跟他分手了，只能獨自待在這兒，讓美景慰藉自己受傷的心靈。我靈光一動，問他「是不是和女朋友去了天涯海角」，傑夫一臉驚奇，反問我怎麼會知道，我便對他說出了那個江湖傳言，聽得他懊悔不已。看來還是頗靈驗的，我開始對唐宋英明阻止我前往感到敬佩。

正和傑夫聊得熱鬧，忽有雙手出現，環住了我的肩膀，那手化成灰我也認識——自己人嘛，唐宋的手。唐宋笑問：「聊什麼呢，這麼開心？」我一向喜歡簡答：「聊吃的。」並為唐宋介紹，「對了，這位是傑夫，美國友人。和我們一樣，是來度假的。」唐宋主動跟傑夫握手。

完結後，三人沉默。唐宋又道：「不介紹一下我？」我一拍腦門，居然忘了他，忙介紹道：「傑夫，這位是唐宋。」介紹完後，我又感覺到唐宋放在我肩膀上的手好像，似乎，也許捏得緊了些。接著，聽見他笑著提醒道：「夫人，就不想介紹一下我們的關係嗎？」我發誓自己真的忘記了，並非故意隱瞞，忙道：「對了，唐宋是我丈夫。」

傑夫睜大眼睛：「你這麼年輕就結婚了？」唐宋微笑：「是啊，我們孩子都生兩個了。」這微笑，我怎麼看怎麼怪。傑夫又和我們聊了一會兒，便到其他地方玩了。

唐宋摟著我往深水區走，我問：「你剛才是怎麼回事？」唐宋反問：「什麼怎麼回事？」我說：「幹嘛撒謊說我們已經有孩子了？」唐宋輕描淡寫：「噢，開個玩笑而已。況且，我們以後一定會有孩子。」

我站住，狐疑地看著唐宋，問道：「你別告訴我，你這是在吃醋。」唐宋不承認：「有嗎？夫人你想太多了。」我追問：「那爲什麼對人家傑夫態度那麼差？」唐宋給出一個我怎麼也不能接受的答案：「我愛國，不喜歡八國聯軍。」勉強是沒有幸福的，我也就不再繼續追問了。

戴上泳鏡，我開始潛水游泳。水底下是另一個安靜的世界，只有遲鈍的聲音，還有一片透明的藍。正游得開心自由，忽然，我的腳被人抓住，向後一拖，被拉進了一個懷抱，接下來，還被免費贈送了一個吻。

透藍而安靜的世界裡，唐宋擁著我，輕輕地吻著，他的感情在我的唇上輾轉反側，我的肌膚被海水環繞，素淨如絲綢。如果可能，多麼希望在這片海水中溺斃，而且是與唐宋一起。在這個沒有范韻、沒有和一，沒有任何煩雜事物的世界裡溺斃。

但願望終究是願望，在快要窒息前，唐宋拉著我一起浮出水面。我踩不到底，只能雙手環著他的脖子。脫下泳鏡，怕水滲進眼睛，閉目好一會兒才睜開，一看，發現唐宋又在盯著我。

我問：「難道我閉上眼睛的時候，也像小孩子？」唐宋搖頭。我問：「那爲什麼這麼看著我？」唐宋看著我，陽光下，他棕色的眼眸看不到底：「只是，心裡忽然生出一種感覺。」我問：「什麼感覺？」他說：「害怕。」我又問：「害怕什麼？」他看著我，眼神認真而溫柔：「害怕，你會被人搶走。」

身體裡忽然出現了一股熱，將我的骨骼血肉全都融化，融化成一股春水，在身體中蕩漾。不知怎地，眼睛有點痛。唐宋，終於也會害怕我離開了，他終於有那麼一點在乎我了。

我說：「你眞的不用害怕，我不會走的。」手撫摸著他的臉頰，帶點疼惜的味道。而在心中，有一道聲音輕輕響起——「唐宋，你若不棄，我永不離。」

Chapter Nine

情慾狂歡中，我們看見了彼此的心

從剛開始交往時的疏離，新婚時的冷漠，到之後鬥嘴時的會心微笑，度假時的身體結合，再到今天的在乎，這一路走來，多麼不易。而再多的艱辛，之於我，卻是心甘情願。

正遐想時，唐宋一如既往溫柔地喊了聲：「夫人。」我看著他，自認眼神頗迷幻，問：「怎麼了？」說實話，眞想抱著他的脖子直到地久天長。唐宋遲疑地說：「有件事，不知道該不該告訴你？」我問：「什麼事？」

我的心臟開始咚咚直跳，該不會，唐宋在這浪漫美景的誘惑下，一不留神被蠱惑得想跟我告白吧？我一截截地吸著氣，死命盯著他的嘴唇看。此刻，我對他接下來要說的話既害怕又期待。

終於，在我的等待中，唐宋的那句話緩慢而艱難地說了出來：「你的胸部，好像掉了一半……」是的，他說的就是這句話。

我瞬間覺得遭到了攻擊，語言神經系統情不自禁想噴出一句「你的雞雞才掉了一半！」嗆回去；才正要開口，不經意地往自己胸前一看，頓時大驚，人家唐宋不是罵我，只是說了個事實——我右胸那用來提升罩杯的小枕頭，不見了！這會兒，左胸大，右胸小，人家是腦萎縮，我是胸萎縮，實在丟人。趕緊戴上泳鏡，鑽進水裡到處尋找，無果，只能忍痛拿掉左胸的小枕頭。

胸部縮水，我也沒啥興致玩水了，我和唐宋上岸，在沙灘上坐著，一起觀賞美景。

碧海藍天並非第一次看見，但因為身邊是那個人，再倦的景色也新奇。我和唐宋在沙灘上直待到太陽下山，天空的藍色褪去，露出斑駁的色澤，鮮豔得有點頹然。遊人逐漸離去，只剩三三兩兩的失意人駐留。我看見一個身著比基尼的外國女人拿著一瓶酒，邊喝邊在沙灘上行走。

我捅捅唐宋的手臂道：「看，戀愛失敗從來都是女人受傷，如此開放的外國友人也不例外。」唐宋反駁：「說不定那個讓她這麼消沉的男人，也躲在某個地方暗自神傷。」

我總結道：「不會的，在感情當中，男人從來就是心狠手辣的那個。世間大部分的故事，都是女子被棄、殉情，癡情男子也就那麼幾個，手指頭都數得出來。」唐宋卻認為：「倒不是心狠手辣，只是說，更理性一點。如果感情已經無法繼續，為什麼不放手呢？畢竟人生中還有其他值得珍惜的人與事。」

我問唐宋：「你會永遠地記得一個人嗎？」他停頓了一下，與此同時，我的心也停頓了。過了半晌，他抬頭，看著遠方天空的晚霞，輕聲道：「一個人的永遠，指的是一輩子。所以這個問題，我只能在人生最後一刻才能準確地回答你。」

我說：「我會記得，我會永遠地記得一個人。」唐宋側眼看我：「誰？」警察叔叔沒說過賣關子犯法，所以我賣了，我回答他：「同樣地，這個問題，我只能在人生最後一刻才能準確地回答你。」他笑，我也笑，卻都沒有發出笑聲。

和唐宋坐在沙灘上，海水時不時地撲來，淹沒我的腳丫，涼沁沁的，很舒服。很長一段時間裡，我們都沒有說話，一直看著晚霞。看著看著，唐宋忽然伸手，輕輕地將我的腦袋按在他肩膀上——在我心裡，這是一個很親密的動作。人類是很奇怪的動物，發生肉體關係不一定會有感情，但做出這種淺薄的溫情動作卻必定是有了某種感情。

唐宋的肩膀很厚實，寧靜而安全——他一向給我這樣的感覺。我順從地躺在他肩膀上，像隻被馴服的貓；兩性關係就是馴服與被馴服的關係。在唐宋身邊，我身心能夠全然地放鬆，甚至放鬆得入了眠，直接被唐宋抱回我們住的那幢小別墅。這一晚，他並沒有碰我，我們只是相互依偎著，我睡得很香。

這次度假算是玩了個大高興，划水衝浪，嘗海鮮，吃水果，購物，泡溫泉，玩了三四天，很是開心。當然，這種開心僅止於某種表面上的程度，畢竟我們再也沒有進一步的身體接觸，我倆都明白，我心底有個結沒打開。但唐宋也算體貼，盡量拉我到各處遊玩，讓我暫時忘卻那些糾結。

這天，我倆正在路上走著，忽然被一個男的攔住，原來是唐宋的朋友——長得五官端正，高高大大，頗爲帥氣，看起來就像有錢的花花公子。看不出唐宋平時悶不作聲，交遊還眞廣，雖然這人看上去是個不該深交的花花公子，但我覺得，四海之內皆兄弟總比四海之內皆基友要來得好——花就花吧，只要不花在唐宋頭上就好。

小花說，今晚他要辦個派對，要我們也一塊兒參加，反正沒事做，唐宋也就答應了。

爲了晚上的派對，我臨時去買了一件黑色小禮服。穿上，對著鏡子轉一圈，嗯，小性感。得意之際，發現鏡子裡的唐宋正瞅著我，看得滿入迷的。

不想誘惑老公的老婆不是好老婆，我趕緊再接再厲，朝他挺了挺小胸脯。本以爲能得到一兩句讚揚，結果這傢伙居然微笑著提醒：「夫人，這次可別塞東西了，不然等會兒又一大一小，不協調。」這話讓我想起自己的胸部在海中萎縮的糗事來，當下就想吐口鮮血淹死他，但想想，自己年紀輕輕就當寡婦，划不來，也就作罷了。

穿著小黑禮服，踩著高跟鞋，我和唐宋前往了那個派對。走進一看才知道，原來是小有錢的公子和小模特小明星的聚會。各種姦情各種勾搭看得人眼花撩亂應接不暇——可不是，趁著我去拿食物的空檔，唐宋這塊肥肉就被好幾個美女下手了，各種搭訕朝著他湧來。

我端著盤子在一旁邊吃邊看，樂了。唐宋躲開美女、越過人群走到我身邊，捏捏我的臉頰，埋怨道：「熱鬧好看嗎？」我邊吃邊笑道：「好看啊，當然好看。欸，被這麼多美女包圍是什麼感覺啊？」唐宋沉思了一下，道：「我只覺得疑惑，她們怎麼長得都一樣呢？」我笑：「現在知道我這種小清新的可貴了吧。」還沒笑多久，唐宋飄來一句話差點沒把我嗆死：「夫人，你不要再侮辱小清新了。」

我終於領悟了，唐宋這孩子，不適合跟他變熟，一熟，他就開始損你，本質上就是個披著翩翩公子衣衫的吐槽王。唐宋問我：「喜歡這裡嗎？」我說：「還不錯啊，東西滿好吃的。」唐宋評價道：「你就是個貪吃鬼，只要有吃的，把你賣到山裡都沒問題。」我有點小落淚——欸，唐宋，你終於了解我了，不容易啊。

唐宋吩咐著：「我去一下洗手間，你在這裡等我，別亂跑。」沒等我回答，又自言自語地補充道，「是我多慮了。這裡有這麼多吃的，你才捨不得跑。」我怒了，唐宋這吐槽王的功力果然越來越高深了，是想逼死人嗎？不過，唐宋說得也沒錯，這裡有這麼多好吃的，我可捨不得走。

正悄悄地大快朵頤著，一抬眼，卻望見一道頗熟悉的身影——胸肌腹肌二頭肌，不就是前幾天在海鮮餐館裡打女人、遭我和唐宋教訓的強壯男嗎，還眞是冤家路窄。再仔細一看，我察覺出異樣了，強壯男似乎尾隨唐宋去洗手間，身邊還跟著三名幫手。

一個還容易對付，四個人，唐宋鐵定要吃虧。我趕緊丟下美食，踩著小高跟鞋噔噔噔地跑去救夫。到了那兒也不顧什麼禮儀，直接衝進男廁所，果然裡面已經打了起來。

強壯男他們四打一地對付唐宋，唐宋再怎麼厲害，也應付得有點吃力，只能險險地防禦著。雖說以前我曾經陪唯一練了幾天的跆拳道，但穿著高跟鞋和小禮服，有力氣也沒地方施展，硬拚肯定不行，我只得大吼一聲：「你們敢扁他，我馬上出去叫人來扁你們！」

結果這四個傢伙立刻放下唐宋，追著我來了。我只好脫下高跟鞋，雙手呈手刀狀向前狂奔。但運氣就是差了點，頭髮被人從後面一把抓住。眼見就要挨打，還好唐宋拚了命追上來幫忙阻擋。此刻我們已被逼至游泳池邊，距派對場地頗有一段距離，更慘的是，正值宴會高潮，放起了煙火，那聲音大得簡直就要震破耳膜，輕易淹沒了我的大聲呼救。小花公子還在那邊和兩個模特兒勾勾搭搭牽牽扯扯，根本沒注意到我和唐宋正在被追殺，已瀕臨剿滅邊緣。

我想跑開去求救，其中一個男的攔下了我；再往旁邊一看，唐宋正被另外三人前後夾擊，其中一個居然拿出了瑞士軍刀！打架就打架，居然動刀子，實在太凶殘了！眼見拿刀的那個就要上前，我也顧不得思考，直接拿起高跟鞋朝他腦袋擲去。一擊就中，細鞋跟正好砸在他的頭頂，還出了血，疼得他連刀都掉在地上。唐宋眼明手快，衝上前去將武器奪了過來，總算製造了些有利機會。

我正高興著，卻忘記旁邊還有一危險人物。負責盯我的那個男的直接抓住我衣領，「啪」的打了我一耳光。雖說出來混是很容易被打的，但打耳光也太不給面子了，當下我大怒，暗自運氣，一腳踢得他四腳朝天。正得意著，誰知樂極生悲，居然因爲用力過猛，腳踢到游泳池的邊緣，一頭栽了下去，半途，腦袋還猛撞了一下，頓時眼冒金星，雙目發黑。

緩過氣來時，發現自己在水中漂蕩，從水裡望去，天空是一片絢爛的煙火，驚豔得寂寞。水堵住耳朵，聽不見任何聲音，只見游泳池邊唐宋的臉失卻血色。他臉上沒有血，但我四周忽然出現了許多細小的血絲，如鮮紅光滑的綢帶，在水中緩慢而詭異地蜿蜒著。

是我受傷了？忽然想起在英國鄉間的那幢別墅，也是在游泳池邊，我額頭受傷的事。

記憶與現實重疊的此刻，內心忽然生出一隻恐懼的猛獸，張開大口，露出猙獰利齒，狠狠地咬住我的咽喉。我窒息，四肢拚命地掙扎著，嘴裡鼻裡開始不斷進水，嗆得我恨不能死去。我又回想起那個時刻——痛苦地蹬著四肢，雙眼仰望天空，急促的喘息在腹部形成巨大的凹凸感。記憶的痛苦是精神上的肆虐，現實的痛苦是肉體上的踐踏，兩者同時襲來，將我的意志與身體通通擊垮。

在極度深寒之中，忽有人抱住了我。那雙手大而溫暖，緊緊地抱著我；那雙手臂似乎有意志，在告訴我的身體，它永遠不會放棄我。感受到這股強烈意志之際，身體自動冷靜了下來，那隻猛獸也瞬間消失無蹤，我感覺到了前所未有的安心。

這雙手，是我的意志、我的肉體、我的所有，我所信仰的東西。我確信它會保護我，直到永遠。這雙手托著我浮出水面，清甜的空氣湧入我的肺腑。我別無所求，在唐宋的懷抱中安靜地昏睡過去。

後來才知道，強壯男是在宴會上無意間撞見我們，因為對之前的事懷恨在心，於是糾集同伴圍堵唐宋，想給他一點教訓，沒想到我會出現，而且鬧出了這麼大的動靜。看見我落水、受傷，那四個人還以爲出了人命，趕緊跑散開去。唐宋則跳下水救起我，趕緊送到附近的醫院。由於事情是在小花公子的聚會上發生的，他感到非常不安，一直陪著唐宋守在我身邊，忙前忙後，還要朋友把那四個人揪出來狠狠教訓一番。

但我不過是因爲驚嚇過度，導致身體變得虛弱，在醫院裡沒待多久便醒過來了。小花公子喜形於色，忙道：「嫂子，你可醒了，差點把唐宋急死。」我緩慢地閉了一下眼，看向唐宋，輕聲問道：「你……是誰？」這話一出，小花公子一拍大腿，拿頭撞門，道：「糟了糟了，怎麼會失憶了！」唐宋問：「你，不記得我？」

我當然記得，又不是豌豆公主，怎麼可能撞一撞就失憶？這不過是爲了嚇嚇唐宋，可是我沒敢再繼續開玩笑下去——因爲唐宋看起來雖鎮定，臉色卻白得讓人心疼。這玩笑好像眞的有點開大了，我趕緊咳嗽一聲，揉揉太陽穴，道：「欸，好像又回憶起來了。」這話一出，就連小花公子都對我一臉鄙視。我裝作沒看見。

醫生前來檢查一番，覺得我應該沒什麼大礙，額頭也只是皮外傷。見狀，小花公子接到一通嬌滴滴的電話便告辭了。

病房裡只剩下我和唐宋，對於方才那個低級惡作劇，我內心正深刻地反省著。想道歉，又不太好意思，便擠破頭想一些搞笑的話來逗他笑。但唐宋怎麼也不張嘴，看來是眞的有點生氣。不過，這人生氣從來也不表露在臉上，就是淡淡的，不太理你，讓你慫得心慌。既然搞笑行不通，我就派點事給他做，幫我倒倒水、削削蘋果什麼的。唐宋倒是樣樣都照做，但仍舊一句話不說。

最後，我終於承受不住，就在他將蘋果皮削到三十公分那麼長時，我長歎口氣，道：「你到底怎麼了？」唐宋眼睛也沒抬，臉色聲音都沒什麼大變化，只是淡淡道：「你知道的。」我嘴硬：「我又不是長在你肚裡的蛔蟲，哪知道你在想什麼！」誰知這孩子有的是方法治我，輕描淡寫地道：「不知道就算了。」誰叫我愛他呢！再說，本來就是我不對，趕緊低頭要緊。我說：「好了，別氣了，以後再也不嚇你就是了。」聞言，唐宋沒啥反應。

我繼續努力，伸手拉住他手臂，帶點小撒嬌地說：「我是眞的錯了，大概是撞到頭，暫時性腦殘，你就別跟我一般……」下面的話還沒說完，唐宋忽然一把抱住我，他那力氣大得——粗俗點說，簡直連屎都快被壓出來了；文雅點說，那是連屁都快被壓出來了。我卻可惜那削了一半的蘋果，白生生水靈靈的，掉在地上滾層灰，多可惜啊。

唐宋只是抱著我，也沒說話，半晌都沒說話。我任由他抱著，腦子裡頗有點眞空般的白，好半天，才在那白中悟出什麼，輕聲問道：「你……怕我忘記你？」唐宋沒說話，但抱住我的手臂卻停頓了一瞬。我開口：「爲什麼要害怕？我只不過……是你……名義上的……妻子。」第一次覺得喉嚨裡有點什麼在膨脹，壓得人難受。唐宋卻輕輕地否認：「不，不只是……」我也輕輕地問：「那……我算什麼？」

海南島的天氣很好，風從外面吹來，暖暖的。病房的白色窗簾正被風鼓動得像隱藏著一隻鳥，翅膀不斷地撲閃。或許只有我懂得，那樣壯麗的掙扎不是爲了自由與逃脫，只是爲了能與白色更近距離地接觸。再遼闊的藍天，在它心中也比不上那抹方寸大的白色。

唐宋讓我躺回床上，直直地看著我，那清俊的雙眸看著我，說了一句話：「秦綺，不要離開我。」那一瞬間，我的世界，火樹銀花，無聲綻放，美得靜謐。我身體的防備隨著這句話，全然消失。

唐宋俯下身子，他的唇放在我的頸脖上，柔軟地遊走。每過一處，便產生一陣酥麻，像密集的雨點落在池塘上，愉悅的漣漪不斷擴散，完全不見止息的跡象。漣漪幻爲潮水，開始不斷上漲。唐宋的每個動作都在增加我的體溫，我的身體開始癱軟，如一灘溫暖的春水。

春水上漲，我的衣衫和肉體開始潮濕。緊咬牙齒，弓起身子，雙手在虛幻的空中亂抓著，想要抓住些什麼。唐宋握住我的手，將它們放在自己的背脊上。我像抓住了浮木，狠狠地抓了下去，此刻，我需要的是鮮血與肉沫。我像嗜血的獸，貪婪地在唐宋的身上尋找著。在包裹住他的那一刻，我甚至咬上了他的肩頭，咬得很重，血腥味頓時遍布了我的齒縫，我得到了釋放。重生與突破，都需要血與肉的祭祀。

這一次的愛撫，是我與唐宋關係的重生，他不再只是我心中那個高貴的佛，他的眉目沾染了誘人的肉慾，聖潔的白沾染了蠱惑的黑。複雜，擊敗了單純。在我眼中，他變得更加可愛，更值得我爲之生死不顧。而我似乎也在這般浴血中，暫時將那件日夜撕咬我心靈的事放下，不再糾結，放過自己，放過和一，放過唐宋。

我的身體如一朵花般向唐宋綻放，開放從未有過的完整，而他的進入亦是從未有過的深邃。第一次，在情慾的狂歡中，我們看見了彼此的內心。很多話不必說出口，由身體語言替代一切。那天，我們再沒有說任何話，只是不斷地做愛，像兩個不知倦的少年。

這次的海南之旅，讓我與唐宋的關係有了更深一層的進展，要不是接到秦麗的電話，我們可能還會繼續在這兒待上十天半個月。

秦麗打來是爲了楊楊，說他賽車時出車禍了。

楊楊喜歡飆車，算是業餘愛好。上週末和人家比賽飆車，撞上路邊，跑車在好幾個三百六十度後空翻之後才停下。出車禍這件事不算什麼，乃飆車常有之事，況且楊楊也沒有生命危險。但奇怪的是，事後大家仔細檢查車子，發現被人動了手腳——煞車失靈了。這就嚴重了，簡直是謀殺，和一這會兒也不在國內，只能要唐宋回去主持大局。這事可不小，唐宋跟我商量後決定趕緊訂機票返回，第一時間就去醫院看楊楊。

如我所料，秦麗日夜守候在他的病床邊，比楊楊他媽還媽，整個人瘦了一圈，眼睛紅得像核桃，一點也沒少哭。一見我們來，忙拉著我的手，道：「姐、姐夫，你們可要快點找出眞凶啊！」我趕緊安撫她：「到底怎麼回事？電話裡也沒說清楚。」秦麗說著說著，眼睛又紅了：「不知道楊楊得罪了什麼人，他們懷疑，和上次在伊甸園鬧事的那群人是同一夥的。姐，要是楊楊有什麼三長兩短，我也不想活了。」

我問：「你這是非他不嫁了？」秦麗點頭，那顆小腦袋，點得可堅定了。我看著她，心想，要找個時間和楊楊談一談；說做就做，這事不能再拖。於是，趁著唐宋離開去了解這件事，秦麗外出買食物的時候，我潛到了楊楊的病床前。

其實，我跟他不算太熟，平時大夥一塊兒聚會也沒說過多少話，可能是一開始便知道他暗戀的人是我情敵的緣故，我和他自然刻意保持距離。而今眼下，我倆單獨相處，還眞有點尷尬。

楊楊看上去傷得不輕，全身上下都綁著繃帶，再多綁幾圈就成木乃伊了。見我走進病房，這孩子有點驚訝，強笑道：「嫂子，你怎麼來了。」我也笑道：「來看看你。」跟他客套一番後，我決定單刀直入，整理了一下思緒，直接問道：「楊楊，你覺得秦麗怎麼樣？」

楊楊也知道，我單獨進來探望他，肯定是醉翁之意不在酒：「嫂子，你這……」我誠懇地解釋：「你別想太多，我只是想知道，在你心裡，秦麗到底怎麼樣。」楊楊開始跟我兜起圈子：「秦麗，她很好啊。」我盯著他：「是能讓你心甘情願娶來當老婆的那種好嗎？」楊楊有點語塞：「嫂子，你這是……」

我開始一口氣將秦麗出賣得乾乾淨淨：「楊楊，你別怪我多管閒事。秦麗是我妹，是我親妹，我必須得管管她。秦麗人不壞，從小也是扶老奶奶過馬路、撿到錢就交給警察叔叔的那種好孩子，就是有點小任性。但她對你的好，是大家都看見的——她爲你擋那一刀，你住院爲你跑前跑後，一張小圓臉差點瘦成錐子臉，不知道的人還以爲她跑去韓國削骨整容。她是鐵了心拚了命地去愛你，擺明了非你不嫁。」

聽完，楊楊低頭，輕聲道：「我知道……秦麗對我好。」說完後又沒下句了，我有點急躁，心想，這孩子也太磨人了，乾脆挑明，直接問：「看來，秦麗對你的心意，你是知道的，那你對秦麗是什麼心態呢？是眞心想要娶她？還是出於害怕傷害她、很感激她等原因，而被動地和她訂婚？」

楊楊還是低著頭，小睫毛很長很翹，小鼻梁也高，確確實實是帥哥一枚，難怪秦麗會栽在他手裡。但帥也不能用來當作回話，總得說句話啊。我心裡的急躁又上升一層，道：「你是不是心裡還想著范韻啊？」

一聽見這名字，楊楊的小睫毛陡然顫動了，活像瞬間被過往記憶所擊打，打從心底發出顫慄。看他這副樣子，我的心全涼了。還能說什麼，還能怎麼說，秦麗完敗——楊楊根本沒有忘記范韻。

我問：「你跟范韻，是不是還有聯繫？」楊楊沉默，半晌，終於點頭。他這一點頭，像個錘頭，直接就砸在我心上。內心感覺很複雜，因心酸而害怕，爲秦麗，也爲我自己。

我盡量平靜地問他：「那，秦麗知道這件事嗎？」楊楊搖頭。我又問：「你是不是想，只要范韻一天不結婚，你就不放棄希望？」問出這句話，我也不好受，總感覺這似乎是一場預習。楊楊不答話了，徹底沉默，而我也沉默了。感情的事，雖然對與錯都是模糊的，但基本的道德準則仍然必須有。

做爲旁觀者，我只能對楊楊說：「楊楊，如果你真的沒想好到底是否要娶秦麗，那麼請你將自己心裡眞實的想法告訴她，讓她來做決定，可以嗎？」話已至此，不必再多說，告辭爲上策。

走在醫院的走廊上，我忽然感到一種害怕，從身體裡發出的害怕。楊楊的話像一根針，刺中了我刻意遺忘許久的事情——他都能跟范韻聯繫，那麼唐宋呢，唐宋和范韻，是否還有聯繫？

腦海自動浮現出那條紅手環，自唐宋從垃圾桶撿回來後，我就再也沒見過。我心底深處一直認爲，他必定將紅手環藏在一個祕密的地方——我原想努力掩埋這個念頭，可是它卻有著頑強的生命力，破土而出。

原本大好的心情瞬間變得鬱鬱，心裡像被貓抓似的，癢癢的，腦海中甚至出現了一個很可怕的念頭——我想回家，找到那條手環。唐宋正和朋友商量著調查楊楊受傷這件事，我跟他說想先回家休息，他沒有異議。

一到家，便直接走進唐宋的書房。這裡我從不踏入，這是他的祕密天地，而我今天卻悄聲進入，卑鄙地想要偷窺。

我的動作很小心，檢查得也很仔細，翻動了每個物件之後，都輕手輕腳地放回原位，確保他不會察覺。然而努力了一個多小時，卻一無所獲，全是些生意上的資料，沒有任何寄託感情的東西——他，是眞的丟了那個東西？

走出書房，在樓梯口坐下，抹去額頭的汗珠。汗是冷的，被自己所驚嚇，我覺得自己很可怕。以前從沒想過要調查，卻偏偏在和唐宋感情升溫後出現了這樣的念頭。秦綺，爲什麼你得到的越多，想要的越多？你不是告訴所有的人，你需要的只是待在唐宋的身邊，任由他心裡想著別人，不怪也不怨嗎？那爲什麼現在會做出這樣的事？原來，人的心眞是個無底洞。

我一直坐著出神，連唐宋何時回來了都不知道。

他陪我在樓梯上坐下，伸手撫摸我的額頭，皺眉道：「怎麼了？生病了？怎麼出這麼多冷汗。」我搖頭：「沒事。」唐宋就在階梯上和我聊起天來：「今天在醫院裡我碰見一個朋友，三子，還記得嗎？之前來參加過我們的婚禮。」我不置可否，那天來的人太多了，實在沒什麼印象。唐宋環住我的肩膀，輕聲道：「三子跟他老婆結婚很多年了，一直沒有孩子，這次他是陪老婆來做試管嬰兒的。他跟我說，爲了做試管嬰兒，他老婆吃了好多苦，身上全是針眼，都結疤了。我當時就想，以後要是我們不孕，也絕不讓你受這個罪，領養一個就好了。」

「不生孩子，怎麼可能呢？公公婆婆肯定不答應。」——我笑唐宋的異想天開。唐宋道：「三子的家裡是三代單傳，所以他必須要有後。我不一樣，還有一群堂兄堂弟，就讓他們代替我們傳遞唐家的基因就夠了。」我看唐宋不像在開玩笑的樣子，問：「你是認眞的？」

唐宋解釋道：「你沒看見他老婆的模樣，她以前多開朗的一個人啊，現在變得那麼憔悴。哪個男人捨得自己的太太受這種罪，三子跟我說起這件事也是眼淚嘩嘩的。要是以後眞的這樣，我爸媽問起，就說是我的問題，就說我槍膛裡沒子彈。」我笑：「怎麼跟著我以後，說話越來越不正經了？」我笑的弧度不大，心裡卻暖暖的。那一刻才知道，世間最動人的情話不是我愛你，而是——我捨不得你受罪。

就在我感覺幸福得比較踏實的時候，唯一回來了，而且還帶回了一個人——她肚裡的孩子。

在咖啡館裡，看著眼前這個裹大圍巾、戴大黑墨鏡、臉色小蒼白的唯一，我心裡也有點慌了。當她告知這個消息後，我問：「誰的？」唯一咬唇，那力度活像在咬孩子他爸：「還能是誰的？」天底下，這麼讓她恨又讓她愛的人，也只有段又宏了。

我皺眉：「你又不是未成年，怎麼不會用保護措施啊？」唯一繼續咬唇：「來不及。」我問：「現在打算怎麼辦？跟他說了沒？」問完這句話，我努力盯著唯一的小臉，只見她牙齒的咬勁越來越大，嘴唇都咬白了，好半天，才憋出兩個字——「還沒。」我總算弄懂了唯一的打算：「那你是打算不要這個孩子？」唯一似乎早就下定了決心：「大綺，幫我找個可靠的醫生，陪我去動手術。就這兩天吧，越快越好。」

我勸道：「我覺得，你還是跟他商量一下。」唯一冷哼：「前天晚上，我去找他就是爲了商量這件事，結果呢？發現他和另一個女人在約會，你要我還有什麼話好說！」我勸：「那你也不能把他爸的錯，怪在孩子身上啊。」唯一盡量讓自己的臉色看上去冷硬：「是我對不起這孩子，他爸他媽性格都還沒長大，他出來也沒好日子過的。」

唯一的心也不是鐵石做的，我看得出她也捨不得這孩子。但既然她都這麼說了，我也只能答應下來。仔細想了一下，便馬上約蘇家明出來吃飯，託他幫忙找一個可靠的醫生。唯一的家族也算有頭有臉的人，要是大搖大擺地去醫院，被人看見，肯定又要生出不少是非。

我跟蘇家明約在許記湯包店，這裡的湯包望之玲瓏剔透，聞之噴香四溢，吸之汁醇濃郁，咬之餡暖鮮美，實在是絕色絕味。雖然地處偏遠，環境不太好，但味道沒話說，每天排隊的人總成長龍，虧得我認識這裡的老闆娘，才訂下了位置。

蘇家明一來便呼嚕呼嚕消滅了三籠，吃完摸摸肚子，斜眼看我，道：「又有什麼事要求我？」我笑著又夾了一個湯包在他碗裡，故作不經意地道：「瞧你說的，我是那種現實的人嗎？今天就是單純請你吃吃飯，聊聊天。對了，你有沒有比較熟悉的婦產科醫生？」

蘇家明扯開嗓子問：「你想把孩子拿掉？上次介紹給你的避孕藥，沒用嗎？不可能吧，難道是買到假藥了？」這傢伙音量還眞大，旁邊的大叔大嬸大哥大姐開始伸長耳朵偷聽。我瞪他一眼，回道：「不是我！」接著便說了唯一的事情。

蘇家明這人還算厚道，說是吃了我的湯包，一定會幫我把這件事辦好。

我安心了，卻忽然想起前兩天發生的事——

那天，我正在廚房倒水，偷偷吞著每日一粒的避孕藥。還沒吞下去呢，唐宋忽然從後面輕輕奪了藥，然後環著我的腰，小聲道：「我們生個孩子吧。」乍聽這話，我有點反應不過來，反問：「你不是才說，不要我生孩子嗎？」唐宋重新解釋了自己的話：「我是說，要是在我們生不出孩子的情況下，不會讓你受做試管嬰兒手術的罪。但，誰也沒說我們不能生啊。」

我對生孩子這個話題很敏感：「這樣會不會太快了？孩子一旦生出來，我們的生活就要變樣了。再隔幾年，等我們玩夠了再生，如何？」然而強中自有強中手，一山還比一山高，唐宋輕吻我的頸脖，一群小螞蟻瞬間爬滿了我全身，吞噬了我的思維。他又再加上一句：「夫人，替我生個孩子吧。」這一連串的誘惑讓我的理智徹底停擺，直接把避孕藥遞給唐宋，同時交給他的，還有自己的身體。

不得不說，當晚，唐宋服務得很到位。但等到享受完服務，隔天我回過了神，心裡開始火燒火辣的——要是真的懷孕了該怎麼辦？想反悔，可是已經答應唐宋不會再吃藥，倘若言而無信，一定會影響夫妻感情；此舉不好，很不好。

因此，在湯包店裡，我將這困擾自己多時的問題，交給了蘇家明。

蘇家明卻看著我，那眼神跟小湯包有點像，熱乎乎的。他問：「大綺，你這樣，累不累啊？」我回敬他：「誰要你們這些醫學工作者不努力發明更簡便的避孕方法？」蘇家明又把一粒湯包往自己嘴裡塞，話說得模模糊糊的：「我不是說這個累，我是說，你在這段婚姻關係裡還眞是累。大綺，你是不是還在擔心他會跟那個范什麼的跑了，所以才不敢懷孕啊？其實，你幫唐家生個大胖孫子出來，地位就更穩了啊。」

我說：「我不想讓孩子在一個畸形的環境中成長。」蘇家明壞笑：「喲，你也知道自己和唐宋之間的關係很畸形啊？」我懶得理他。蘇家明卻續道：「大綺，我看啊，你這也是屬於小時候的陰影，你恨你媽沒有給予你一個正常的家庭，所以你心底暗自發誓，不能讓自己的孩子生長在一個不正常的家庭，像是他爸不愛他媽，愛另外一個遠在英國的阿姨什麼的……這，也是一種精神病，要治的。」

我有點生氣：「蘇家明，你怎麼這麼八卦啊！什麼事都探聽，而且只要我們在哪裡你就湊過來，以後叫你蘇婆婆好了。」蘇家明一臉得意，準備起身去廁所噓噓：「你非要用這種敬語，我也樂意收下。」

我繼續低頭消滅湯包，還沒消滅完一個，蘇家明回來了，臉色不大好：「大綺，廁所堵住了，太噁心了。」這傢伙眞不厚道，我罵他：「你這人怎麼這麼惡毒啊！自己噁心就算了，還仔細描述，用來噁心我。」蘇家明的臉開始憋得漲紅：「快點幫我找廁所啦。」

此店地處偏僻，沒地方借廁所，我只能拜託老闆娘幫忙。老闆娘百忙之中遞給蘇家明一只盆，要他到隔壁儲藏室解決。我陪著他去，發現儲藏室裡黑漆漆的，好像沒電燈。但也顧不得這麼多了，蘇家明抓起臉盆便往裡頭衝。

我在門外守著，正百般無聊，卻聽見屋裡傳來電流吱吱的聲響，隨即就是蘇家明的一聲悶哼。我接連詢問兩遍，他都不回答——該不會是獸性大發，自己在裡面自嗨吧？趕緊撞開門一看，發現蘇家明捂住下襠，臉部表情異常扭曲。再仔細觀察一下，發現臉盆旁邊地上掉著一長排延長線插座，上面則沾了可疑的液體。

這才省悟——原來是蘇家明這傢伙尿歪了，液體直接進入插座，成爲導體，電流順著尿柱向上，將自家小鳥給電著了。這傢伙，眞是悲劇。

Chapter Ten

除了眷戀，更多的是不甘心

無論如何，唯一拜託我的事總算做到了，可是心裡仍然沒著沒落，不知道這麼做究竟對不對；想找段又宏商量，又覺得不妥，於是一整晚就這樣翻來覆去夜不能寐，糾結得很。畢竟睡同一張床，唐宋很快便察覺了，環住我的腰，問我所煩何事。

出賣朋友這種事我雖然常做，但出賣唯一的代價太大，因此只能忍住不說。唐宋對我從來不強迫不追問，於是我繼續在床上翻騰。隔天一早頂著兩個黑眼圈和巨大的壓力起床，唐宋送我上班，見我一反常態不說話，淨拿著小籠包啃，便知一定有問題。我知道他心裡疑惑，但爲了不被唯一罵「有異性沒人性」，並且拿刀砍我，還是決定先對唐宋保持沉默。

這天上午沒啥大事，滿閒的，越閒我心越慌，因爲……下午就要陪唯一去動手術了。思來想去，我還是決定使出終極武器——拿出手機，撥了瑋瑋的電話號碼。

剛接通，瑋瑋一聽是我，還有點小意外，可是聽我說完，那邊就沉默了。我不厚道，將這人命關天的問題拋給了瑋瑋：「你是唯一的親哥，拿個主意吧。」瑋瑋沉默半晌，最終決定去找段又宏談判。我擔心這兩個男人衝動起來會出事，也跟著去了。

找到人時，段又宏正坐在辦公室裡辦公。這人雖貪玩，對自己的事業還是很認真的。乍見我們，段又宏有點驚訝，隨即便恢復吊兒郎當的表情，笑道：「唷，世界末日要來了？你們兩個居然結伴來找我？」

要是跟段又宏耍嘴皮子，那才真是到世界末日那天也耍不完。我直接道：「唯一懷孕了，鐵定是你的孩子，她下午準備動手術，要還是不要，你自己想清楚吧。」話一說完，段又宏所有的動作表情，甚至是呼吸全都停頓了，但這窒息般的停頓僅持續了一秒，緊接著，段又宏又成了平時的段又宏，道：「唯一不想讓我知道，必定有她的選擇，我尊重她的決定。」

我解釋：「她來找你商量的時候，你正在跟美女卿卿我我，所以她的決定是在氣頭上做的。」

段又宏笑著說：「綺姐，你現在是想要我飛奔去醫院，摟住唯一大喊『不准打掉我的孩子』，然後跟她相擁相抱甜甜蜜蜜海誓山盟天涯海角你是風兒我是沙纏纏綿綿到天涯嗎？」在這個節骨眼上，段又宏還有心情開玩笑，我胸口怒火小升級，聲調也有點冷，只輕聲道：「我不是想要你做什麼，只是提醒你，保險套很便宜，別他媽的爲了省那點錢傷害自己女人的身體。」段又宏不作聲了，他最懂得的就是察言觀色，絕不會觸及人的底線。

我也不想再多說什麼，正準備來句總結的話，卻被瑋瑋搶了這個機會。他看著段又宏，聲音裡聽不出什麼怒火，只有冷漠道：「男女之間的事本來就是你情我願，這件事是唯一自願的，怪不得你，你有權做出任何選擇。但請今後不要再來招惹舍妹，當然，我也會管好她不讓她再跟你聯繫。」說完這番話，瑋瑋拉了我出門。

從段又宏的辦公室出來後，我問瑋瑋：「你真的不打算管了？」瑋瑋反問我：「勉強是不會有幸福的——這句話不是你常說的？」我說：「話是沒錯。但我擔心的是，那兩個人都有點小腦殘，衝動起來簡直就是玩世不恭心狠手辣，我怕他們冷靜下來時會後悔。」瑋瑋簡單地回答我：「他們是無時無刻都在衝動，打掉孩子是衝動，留下來也可能是衝動。」

瑋瑋的眼珠和天空的顏色很像。正入神地盯著他的眼睛，我眼角呼掃到一輛車，看起來像唐宋的車，但轉過頭想仔細看，那輛車隨即呼嘯而過，連車屁股影子都沒留一個。

約定時間一到，我和瑋瑋一塊兒在醫院出現。還沒等唯一拋來恨我的眼神，瑋瑋就先發話了：「你別怪她告密。我是你哥，不管你做什麼樣的決定，我都得在你身邊陪你。」這句話不怎麼煽情，但唯一的眼圈還是小小的紅了。我問唯一：「你真的做好決定了？」唯一咬住下唇，很久很久，終於點頭。

我們將唯一護送回家，幸虧家裡的長輩外出旅遊半個月，此事僅我們幾人知道。安頓妥當之後出門，已然華燈初上，瑋瑋說要送我回去。車上，我們一直在談論唯一和段又宏的事情。

我問：「你要怎麼禁止他們見面？」瑋瑋篤定地說著，口吻依舊淡淡的：「以前是唯一自己一頭栽進去，我制止不了。可是現在經過這件事，她應該會成熟點，懂得再也不能隨著自己的性子胡鬧。」我又問：「要送她去國外嗎？」瑋瑋答：「不需要。出境紀錄反而會暴露行蹤，我會藏好她的。」我不無擔心地問：「真能瞞過段又宏？」瑋瑋一派堅定：「唯一想瞞，就能瞞得過。」

我不再作聲。從窗玻璃往外望，車速似乎很慢，但搖下車窗，外面的景物卻飛一般地過去；果真是一念天堂，一念地獄。人在任何時間點做出的任何決定，都會帶來重大的影響。唯一的選擇已經決定，而我的選擇……還在猶豫著。思索問題時，時間總是過得很快，等我回過神來，已經在自家門口了。

瑋瑋說：「進去吧。」我說：「你告訴唯一，我明天再去看她。」說完，我揮揮手，與他告別。正走向大門，卻聽見瑋瑋輕喚了一聲：「大綺。」我轉過頭去：「嗯？」他看著我，如此認真，如此沉默，似乎有許多話想說，但最終還是將所有的一切化成一陣微笑：「沒事，進去吧。」我想自己是懂的，我的眼神也同樣認真、沉默，可是最終也只能將所有的情緒化成一陣微笑，我說：「好，那我走了。」

唯一的事情告一段落，我總算鬆了口氣，太過放鬆的後果就是——進自家大門後直接上樓，居然沒發現唐宋坐在沙發上。當踏上第五級階梯時才發現——唐宋窩在沙發裡，也沒看我，表情很沉默。

我問：「你怎麼不出聲？」唐宋緩緩抬頭，看了我很久，表情深沉，接著問了一句讓我心顫動一下的話：「今天，你跟誰出去了？」唐宋是聰明人，會這麼問表示他已經知道，再回想起中午時瞥見的那輛車，我決定實話實說：「我和瑋瑋出去了。」

唐宋問：「你們常聯繫嗎？」我回答：「偶爾。」唐宋又問：「你覺得這樣好嗎？」我回答：「我把他當朋友。」唐宋反問：「他當你呢？」我簡答：「朋友。」唐宋口吻不太對：「你確定？」我覺得奇怪：「爲什麼要這樣逼問？」唐宋冷答：「因爲我想了解一些事情。」

我回應他：「如果你是想知道我有沒有背叛你，我可以發誓，絕無可能，我秦綺不是那種女人。」唐宋也很爽快：「我從不擔心這方面。」我問：「那你擔心什麼？」唐宋小心翼翼地答：「我擔心，你的小私心會讓我、他，還有你受傷。」我不懂：「什麼私心？」唐宋冷冷地說：「想要一個男人永遠愛著你、卻求之不得的那種私心。」唐宋的話，靜靜地在偌大的客廳中迴盪。我的心停住，像被一根繩子越纏越緊。良久，終於憋出一句話：「放心，我不是林徽因，他也不是金岳霖。」這次吵架以這句話告終。

忙了一天，我早早便上床睡覺，可惜吵架時，能蒙頭大睡逃避現實的多半是男人。我知道自己的性情比較急躁，待緩和下來後才能變得冷靜。

我並不是氣唐宋跟蹤我、逼問我，而是氣他口中的「小私心」，我氣他把我看成想在情感上困住瑋瑋的女人。然而冷靜下來之後，我往自己內心深處看，是否眞的沒有這份小私心？如果有，爲什麼我總是要拒絕瑋瑋；可是如果沒有，爲何明知自己跟瑋瑋不會有結果，卻還是與他保持朋友關係？人心是最難懂的，在身體內裡那個時常也觸及不到的地方，必定有無窮的陰暗滋生。

生平第一次，我努力地走進內心最深處，認眞地思考這個問題——瑋瑋，甚至是和一的欽慕，都必定帶給了我某種程度的欣喜。女人是花，需要愛，需要男人的讚賞；我也無法例外。當面對他們的追求時，除開煩惱的成分，我心裡應該還是有一絲陰暗的欣喜。唐宋是男人，他自是理解一個男人對一個女人的所有感情；那麼，他控訴我內在存著所謂的小私心，也不無道理。我不過是想在他面前表現出與眾不同，然而說到底，我也只是一個平凡的女人。想到此，心內半是通透，半是沮喪。

眞想不到，這場冷戰竟持續了一個多星期。唐宋每天一早便出門，半夜才回家，我猜他是想逃避。既然如此，如他所願，即便清醒，我也裝做熟睡，避開交談與見面。

這個星期發生了幾件事情。首先，西伯利亞寒流來襲，氣溫陡然下降，呼出的氣都是白茫茫的，街上行色匆匆的路人全換上了羽絨外套，戴上圍巾、手套。

其次，唯一被瑋瑋送走了。果然不出所料，隔沒兩天，段又宏又來找唯一，瑋瑋當晚便將唯一送走，只說唯一會被安置在郊區一個風景優美的小鎮，那裡有個遠房親戚，瑋瑋拜託他們照顧唯一。瑋瑋要我暫時別去探望唯一，以段又宏的手段，他必定跟蹤到底。到時事情必然露餡，會讓唯一的情緒不好。所謂的露餡，就是指孩子的事——唯一肚裡的孩子並沒有打掉。

手術前，瑋瑋將段又宏的話一字不漏地說了出來，唯一看上去沒什麼大的表情波瀾，沉默到最後，還笑了，一整個雲淡風輕，道：「這樣也好，兩不牽扯了。」本以爲她下定決心拋棄過去的一切，誰知躺在手術檯上那一刻，唯一還是落了淚，捂著肚子哭得稀裡嘩啦的。

瑋瑋只說了一句：「如果決定生下這孩子，就不准再任性，當個大人。」唯一哭著點頭。就這樣，兩兄妹決定留下這孩子。瞞段又宏，是唯一的意思，她說：「我尊重他的選擇。」就憑這句話，我更加肯定這兩人前世必定是冤家。

果然，送走唯一之後，段又宏跑來找我，笑嘻嘻地請我吃飯。我去了，點了一大桌子菜，反正段又宏願意請客。席間，段又宏笑嘻嘻地扯東扯西，從環保問題談到衣索比亞難民，從廢棄油談到石油漲價，就是不談唯一。要是平時，我鐵定沒耐性跟他扯，但此時此刻不同以往，就像唯一離開前告訴我的那句話——「我和段又宏已經沒關係了。」是啊，我又何必在一個沒關係的人面前提起唯一呢？於是，繼續埋頭吃我的東西。

最後到了末了，段又宏終於忍不住，作揖告饒，道：「大綺姑奶奶，我求求你告訴我唯一在哪兒，好嗎？」我重申了唯一的個性：「她要是想見你，你即便躲到天涯海角都會被她找到。反之，要是她不想見你，你就是挖地三尺也找不出來。」

段又宏也不是省油的燈：「她生氣，我知道。但經過這麼久的時間證明，我跟唯一才是天生一對，我和她啊兩個人都壞，壞在一起。要我們分開各找各的對象，世界上不知有多少男女要被禍害，還不如讓我們兩個繼續湊一對。大綺姐，你就看在維護世界和平和諧和睦的分上，讓我去找她吧。」

段又宏對自己的認識真可算是透澈又到位，堪比衛星定位系統，果然是個有自知之明的孩子。

我放下筷子，看著段又宏，不氣也不惱，一派平靜地跟他講道理：「這次的事情不一樣！段又宏，唯一肚裡的孩子在你心中可能不過是個受精卵，連塊肉都稱不上，但對女人而言，那是在自己生命之樹上另外長出來的分枝，一旦割掉，自己的生命也不完整了。唯一這次受到的傷害，不會像以前那麼容易恢復。我想，在某種程度上你比我更了解她；你有未婚妻的時候，她也不過買醉一晚隔天起來打落牙齒活血呑，接著屁顛屁顛地繼續追著你跑，說明了唯一這孩子的抗壓性有多強。而這次是她親口告訴我，和你已經結束了，你應該知道，這個結束就是眞的結束。」

段又宏半晌說不出話來，而我的肚子也差不多飽了，於是起身告辭。段又宏卻叫住我：「綺姐，你們幫我好好照顧她吧，是我對不起她。」我說：「我和瑋瑋都會好好地照顧她，但不是爲了幫你。還有，男女之事千萬別說『對不起』三個字，扯淡不僅沒用，還徒增悲傷。總之，就這樣吧，以後沒事少聯繫，你也不用跟蹤我什麼的，誰都知道你會使出這招，短時間內我不會去找唯一。還有什麼話想說？沒有？那我要走了。」吃他一頓飯，居然跟他說了這麼多話，我都覺得自己有點虧。

段又宏忽地掏出一根菸，點上，抽了起來，修長的指間繚繞著細細一圈煙。他說：「大綺，你叫唯一別恨我，我不是不愛她，只是害怕。」我問：「害怕失去自由？害怕自己正青春、卻失去了黃金單身漢的身價？」

段又宏搖搖頭，又點點頭，像在理清思路，好半天才說道：「如果留下孩子，我跟唯一必然是要結婚的，從此步入婚姻生活。我愛她她愛我是一回事，但我們的相處方式更像是在玩遊戲，從中得到無限的樂趣。一旦結婚生子，就會被無數瑣事糾纏，遊戲無法進行，樂趣蕩然無存，我跟唯一都會逐漸變成世間無數面目模糊的一般人。是的，我擔心失去自由，也擔心唯一失去自由。結婚生子從來不是她人生的目標，她需要快樂，需要淋漓的樂趣。我不想讓事情演變成我憎恨她讓我失去自由，她憎恨我讓她失去快樂的地步。」

我曾聽唯一提過，段又宏的母親過去是一位美豔女星，被他那多金的父親娶回家後，忍受不住寂寞與責任，在他五歲那年服毒身亡。直到這一刻我才清楚，每個人心裡都有一座陰暗的城堡，影響著你的一生。我沒有資格再對他評判些什麼，只能說出最後一句話：「或許，唯一比你想像得還要成熟許多。」

吃完午餐，回辦公室繼續上班。忙著整理文件弄了好大半天，趁著喝茶時抬起頭、鬆鬆肩頸，卻發現唐宋不知何時來了，而且坐在我對面微笑地瞅著我。這個大驚嚇讓我差點沒被茶水嗆死。

好不容易順過氣來，我問：「你怎麼來了？」唐宋回答得言簡意賅：「來接你。」我好奇地問：「怎麼找到我辦公室的？」唐宋笑答：「我問了大門守衛。」我又問：「今天怎麼會想來接我？」唐宋開始耍嘴皮子：「突然意識到，自己做為老公居然從來沒接過你下班，實在失職，趕緊補償。」

透過這一問一答，總算融化了近十天以來積聚起的小冰屑。唐宋主動求和，我也不能再端架子，看看時間差不多了，便收拾東西準備下班，兩人一起離開。

罕見地，唐宋居然沒開車！不過，我工作地點離家也不遠，多走走路也好。走在唐宋身邊，我感到難言的溫馨。在陰冷的天氣中，偌大的世界裡，有那麼一個你深愛的人願意陪著你走，那便是一件很好的事情。

走到一條小巷子裡，看見好幾根橫倒堆疊的電線杆，瞬間童心大發，踏了上去，雙手平舉，走了起來。唐宋在下面想拉住我，被我拒絕——這麼粗的電線杆都要人扶著過，多丟人。

一步步走著，走到中間，我忽然作怪，假裝快滑倒，眼角發現唐宋全身一顫，立刻就要來扶，我卻笑笑，重新立了起來。我心裡樂得生出一朵花，女人最愛看的就是男人為自己受苦，這實在是個可愛的惡趣味。

一根電線杆能有多長，很快便走完。我跳了下來，唐宋接住我，順勢抱住了我。被他這麼一抱，我發覺自己掙脫不開，這孩子壓根兒沒打算放開我。我問：「怎麼了？」唐宋主動道歉：「那天的事，是我不好，不該那麼說你。」他的臉捂在我的髮間，聲音嗡嗡的，有種別樣滋味。

我安撫他：「史前的事情，早就忘記了。那天的事情，我也不對，你是我丈夫，我有義務把事情跟你解釋清楚。」唐宋道：「不需要解釋，我相信你。」我也將手慢慢地放在他腰部，緩緩圈緊。唐宋嗅著我的髮頂：「大綺，我知道自己以前做了很多傷害你的事情，給我機會，讓我補救，好嗎？」我輕笑，笑唐宋的不明白——他在我心中是怎樣的地位，他想要的，我必然會給。

在這陰冷的天氣中，在偏僻的小巷裡，我們擁抱在一起，恍惚間彷彿有朝陽籠身，甚是溫暖。

之後才知道，唐宋這一個多星期來之所以早出晚歸並不是爲了跟我賭氣，而是忙著調查楊楊受傷那件事，好不容易總算有了點眉目——原來，楊楊年輕氣盛，飆車時惹到另一夥有權有勢的人，那一方小肚雞腸，胸腔裡只能夾住一根火腿腸，於是便找機會整他。那夥人來頭也不小，想硬拚肯定不行，因此唐宋一直在尋機。

當然，這些事全是從秦麗口中得知，唐宋從不會告訴我這些。他整天在我面前表現出一副良家大少爺的模樣，常常扶老奶奶過馬路，偶爾還兼做家庭主夫——每天按時去公司上班，若提早回家還幫我一起做菜，有夫如此，還求什麼呢。唐宋不想告訴我這些烏煙瘴氣的事，想必有他的道理。我相信他，因此也不過問。

過了幾天，秦麗又語帶興奮地告訴我，說唐宋他們狠狠地耍了那夥人一頓，導致他們損失不少。聽秦麗這麼說，我猜想那夥人做的生意必有蹊蹺：「什麼損失？」秦麗恨恨地道：「當然是見不得光的生意。姐夫他們呢，先是按兵不動，等他們放鬆警惕，開始大手筆運作時，再通報相關單位一網打盡，搞得他們元氣大傷，至少損失了大半身家。活該，居然敢欺負到我們家楊楊的頭上，找死。」我勸道：「你家楊楊也別太鋒芒畢露了，這次，也是他先惹了人家。」只要傷害到楊楊，秦麗絕對立刻變成一小毒婦：「就算是這樣，那夥人也不該直接出殺招，太狠了。」

我也不再跟她爭辯，拿這事和我最近的煩心事相比，簡直比芝麻粒還小。但，煩心之事也不新鮮，那就是「孩子」的事情。

聽了唐宋的話，我沒再採取避孕措施，幸虧他不是神槍手，這個月的大姨媽準時來到，我大鬆一口氣。鬆氣之後，又開始煩惱下個月的大姨媽到底能不能準時來。愁得頭髮都白了，只能使用最原始的方法——安全期就做，危險期就不做。於是安全期一過，危險期一到，我就開始裝胃痛牙痛屁股痛，避免進行那檔子事。

可是這個方法一開始還有效，漸漸地唐宋也按捺不住了。這天晚飯過後我正窩在沙發上看電視，他在我旁邊看財經雜誌，本來相安無事，可是不知什麼時候，他那雙手開始放上了我的肩頭，接著就開始不老實了。

我推辭胃痛，並將屁股往沙發邊靠。唐宋像跟屁蟲似地靠了過來，將唇放在我耳廓上，輕聲道：「運動一下就不痛了。」接著唐宋繼續向我靠近，我瞬間化身成一條泥鰍，咻的一聲從他身邊滑了出來，道：「對了，我明天要交一份資料，今晚必須加班整理出來，我怕體力透支，還是明天吧。」一邊說這話，我一邊往樓梯跑。結果才剛跑上兩級階梯，就被唐宋逮住，雙臂將我一環，牢牢地圍住了我。

唐宋蠱惑著：「我來運動，你享受就好。不僅不會體力透支，結束後反而會神清氣爽。」看著他的表情，我開始有點懷疑這白衣翩翩貌似純良的男子，是否就是傳說中的大腹黑。我呵呵一笑：「神清氣爽？相公，你怎麼不說延年益壽？」說著，身子猛地往下一縮，想故技重施，化身泥鰍精逃脫。但這次唐宋早有防備，居然順勢將我壓在階梯上，接著就要對我那個那個。

男人果然都是自私的，他倒好，有我這個人肉墊子，舒服得很。我的背後可是階梯，僵硬的階梯啊，壓得腰都快折斷了，我立刻不顧小清新形象地大叫起來。想必是我的叫聲太過淒厲，影響唐宋發揮正常功能。他一把將我攔腰抱起，採取就近原則，把我放上了飯廳的餐桌。

我一邊掙扎，一邊問唐宋：「你是把我當紅燒牛肉？還是可樂雞翅？」我好歹也是個人類，居然把我當飯菜放在飯桌上。唐宋解釋：「新環境才能有新突破。」我正想反擊，他居然迅雷不及掩耳地使出了殺手鐧——修長手指將鼻梁上的眼鏡一摘，再將白襯衫鈕扣一顆顆剝開，露出了精瘦的小性感胸膛。

我聽見喉嚨間咕嚕咕嚕吞嚥口水的聲音，便知道這次自己又栽了。算了，要是在這種情況下還能拒絕他，那我就不是秦綺，他也不叫唐宋了。於是乎，在餐桌上，我像隻紅燒豬蹄般被啃得乾乾淨淨。能怪誰，只能怪自己太色，唐宋太過誘惑，還得怪危險期太長！

據說，女性的神經太過緊張會影響受孕，因此即便這樣無防備地圈圈叉叉進行了一個月，我的大姨媽還是準時來臨了。我開始覺得，自己可能天生不容易受孕，也就放下擔憂，開始享受。

很快便到了元旦，新的一年又來了，時間過得眞快。跨年夜這天，唐宋帶我回婆家吃飯，所有的人都關心著我的肚皮，希望能早日隆起，我壓力甚大。飯後，傭人抱了一大堆補品藥材到唐宋的車上，婆婆要我們帶回去每天吃，說是偏方，不久便會有好消息。

一路上，唐宋開車，我沒事，翻看著婆婆送的補品藥材，發現男女服用的都有，其中又以男性的壯陽藥更多。

我樂了，對唐宋道：「看，媽還是比較關心你，知道你先天不足，需要後天補足。」唐宋不說話，繼續開車。但，我秦綺就是那種得了便宜還賣乖的鼠輩，個性欠佳——見唐宋沒反應，我繼續奚落他：「看吧看吧，連媽都知道是你的問題。唐同學，看來你的男性形象不太光輝呢。」奚落完之後，唐宋還是沒反應。

我怕他生氣，便試探性地問：「怎麼悶不吭聲？」唐宋看了我一眼，眼神很輕，聲音也很輕，但說出口的話卻讓我有點承受不住：「因爲，等會兒你就會累得說不出話來，所以我現在盡量讓你說個痛快。」這可是赤裸裸的威脅，我忙求饒：「算了算了，過幾天還要上班，千萬別拔苗助長燒山毀林什麼的。」唐宋的嘴角勾起一抹笑：「沒問題的，反正媽給了我們這麼多補品，我們就趁這個假期周而復始地揮霍補充吧。」愛他這麼多年，直到此刻我才終於明白，好好先生唐宋也不好惹。

我們在婆家待得頗晚，開車返家已是半夜。河邊放起了煙火，寒冷的絢麗，寂寞燦爛的色調，美不勝收。

我問唐宋：「你小時候愛玩鞭炮嗎？」唐宋笑道：「那是當然的。爲什麼這麼問？」我說：「因爲你看起來，就是那種從小穿白衣服、端坐在書房的孩子。」唐宋答：「你應該多了解一下我，小時候我最調皮。」我笑著說：「噢，眞看不出來啊，那後來怎麼不調皮了？」唐宋故作正經地說：「因爲知道你們這些女孩子喜歡憂鬱型的，所以就轉型了。」

一聽這話，我笑得稀裡嘩啦的，唐宋這孩子被我帶得越來越壞了，眞有成就感。正高興著，卻發現唐宋的神色忽然凝重起來。我這人最經不起嚇，有點小緊張：「怎麼了？」他安慰我：「沒事。」腳卻重踩油門，加速行駛，似乎想擺脫掉什麼人。

我回頭一望，發現兩輛吉普車正靜悄悄地跟在我們背後緊追不捨，在這寂靜的夜裡，像兩頭野性的獸潛伏著——我們被人盯上了，而且來者不善。腦中猛地想起秦麗對我說的那夥人，忍不住問了出來：「是楊楊先前惹上的那夥人？」唐宋沒回答我，只低聲道：「乖乖坐好，照我的話做。」儘管心跳加快，但還是盡量不表現出慌張的模樣，以免唐宋在開快車之餘，還得照顧我的情緒。

唐宋的計畫是駛到繁華之處，對方再怎麼無法無天，也不敢做得太過分。下橋之後，原本該朝右側市中心方向行駛，豈料不知從何又冒出一輛黑色的車，攔住了道路。眼看後方兩輛車也加速朝我們衝來，頗有想要撞擊之勢，唐宋別無他法，只得轉向左側。

左側只有一條路，而且比較偏僻。我知道事情越來越危急了，手心也捏出了一把冷汗。沒等唐宋說，我便拿起電話，打給楊楊他們。楊楊一聽也快急死了，確認我們所在位置後，說會立刻派人來救助。但這也算不得什麼解藥，老話都是怎麼說的，遠水救不了近火。說不定等他們到了的時候，我和唐宋已經屍骨無存了。臨到此刻，我也弄懂了，瞧這陣仗，那夥人鐵定是亡命之徒，今晚的血光之災想必躲不了了。

正擔憂著，其中一輛車忽地衝上來，猛地撞擊我們的車尾巴。我一顆心立刻提上了喉間，腦子被搖得七零八落的，胃裡的食物差點要吐出來。

他們的意圖很簡單，就是想將我們逼進前方的小巷中。唐宋自然明白，不願束手就擒，重踩油門，想駛入另一條路。可是還沒回過神，另一輛車又衝了上來，朝著我所在的副駕駛座撞來。唐宋急忙偏轉方向盤，轉進了那條小巷。

自始至終我都緊閉著嘴，不發出一點聲息，擔心影響唐宋的判斷。回頭一看，我發現自從進入巷子後，其中一輛車堵在巷口，另外兩輛則暫時不見蹤跡，看來他們是在巷子的另外兩處出口堵著，不讓我們出去。唐宋知道我在想什麼，我和他現在已經培養出了一種默契。

我問：「你打算怎麼辦？」唐宋問：「我看你運動細胞還不錯，翻過牆嗎？」我當然知道唐宋不是那種無聊人，此時此刻不會浪費時間問些不必要的問題，於是便點頭稱是。「很好，等車子一停下，我們就一塊兒下車，開始翻牆。」話音未落，唐宋便停下了車，手口並用，極爲快速。

這條巷子的兩側全是老舊的平房，但因爲是舊城改造區，屬於拆遷地帶，居民大多已經搬走，即便大聲呼救也不會有人出現——可見，那些人早已提前盤算了路線，此處就是他們動手的最好地方。

唐宋拉著我站上了車頂，抱我上了圍牆。然而當我伸手去拉他時，他卻沒有握住我的手。我忽然懂了他想做什麼，內心一陣驚懼，忙道：「要是你敢這麼做，我一輩子都不會原諒你。」他卻說：「要是再讓你受傷，我一輩子都不會原諒自己。」清冽的月色中，唐宋站在車頂抬頭望著我，就像多年前我第一次看見他站在主席臺上那樣——一抹飽滿且溫潤爾雅的白。

我說：「我不走。我不能犧牲你，自己一個人走。」他像在哄小孩，語氣中充滿了寵溺：「秦綺，你要乖。我們兩個人一起，是逃不出去的。但如果你走，我先拖延著，還有一線生機。你別怕，跳下去，跑到街上，越遠越好，不要回頭，找人來救我。」

一陣風吹來，吹得我臉好冰涼，那時並不知道，自己早已滿面淚痕。我說：「你騙我，你會死的，我就再也見不到你了。」唐宋向我保證：「我什麼時候騙過你。你往前跑三個路口，左轉，那裡有個警察局，去報警。這條巷子很長，我一定能撐到你來。」我咬著牙說：「不要騙我。」我看著他的眼睛，看見的卻是柔軟的月色。「聽話。」唐宋說完這句話後便跳下車頂，發動車子，往前駛去，再沒有看我一眼。

我已別無選擇。人在神經高度緊張之際，任何感覺都是遲鈍的。我跳下圍牆，跑進平房，用顫抖的手打開門，跑到街上，我牢牢記著唐宋的話，一瘸一拐地跑過三個路口，周圍沒有任何人煙，夜風在耳邊呼呼地吹著，路旁的大樹枝椏橫斜，映著冰冷的路燈，景象遙遠得像是一場電影。

我沒有停歇，即便腳痛得鑽心，即便身體冷得顫抖，我也沒有停歇。硬生生地跑過三個路口，左轉，我要找到警察局，我要去救唐宋。可是在我面前的，卻是一條死巷。這裡根本沒有所謂的警察局，沒有所謂的救援。

我瞬間明白唐宋騙了我，他只是想讓我逃離，逃得遠遠的。我終於懂得穿透他眼裡的那層柔軟月光，我還可以看見裡頭的依戀和訣別。全身的血液不停冷卻，又不停加熱，身體被刺激得彷彿已經不是自己的。

在絕望的谷底，手機來電聲打破了我凍結的思維。趕緊接聽，那頭傳來一個熟悉的聲音：「大綺，告訴我，你們現在在哪裡。」

是和一。我像個不慎站在懸崖邊、在即將墜落之際被人抓住的孩子，猛地哭了起來，嗚咽著告訴了他。我哭得近乎嚎啕，從沒想過我秦綺會是這般懦弱的女人。我怕的不是死，而是怕再也見不到那個人，怕再也沒有機會告訴他──「我、愛、你」。

冬日的深夜有一種肅殺，空氣中充滿了金屬生鏽般的氣息。我開始原路折返，但路卻長得像永遠也走不盡。周圍很安靜，只有急劇跳動的心臟發出了覆蓋一切的巨大聲響，那是帶著血液的溫度。

不知走了多久，當終於回到原地，發現那裡已經聚集了許多人、許多車，燈光像白色的火焰，燃燒著那條偏僻的小巷。在喧鬧凌亂的光束中，我看見了和一，他和一些人正忙著將一個人抬上車。那是一個……渾身浴血的人。聽說地獄的第十三層是血池，而此刻被和一抬著的那人彷彿從血池中被撈出一般，黏稠的血液覆蓋了他的頭臉，乍看，像一個面目模糊的血球。

我努力地盯著和一的臉，他面無表情，可是抬著那人的手，卻在顫抖。我知道那種感覺——害怕，由衷的害怕。害怕自己重視珍惜的那個人就此離去。忽然間，我猛然省悟，衝了過去，衝到和一的面前，用力地看著那個血人。待確認後，雙目痛得彷彿要炸開。

唐宋！我怎麼可能認不出來，那是唐宋！像被鐵釘釘住似的，我定在原地，做不出任何動作，我不敢抱他，他渾身是傷，找不出一個完整的部位能讓我擁抱。

和一平靜地說：「大綺，上車，你抱住他的身子。」他將我一把推進車子後座，和同伴一塊兒將唐宋小心翼翼地放在我腿上，然後迅速發動車子，如驚飛的鳥兒般朝醫院駛去。

路燈不斷向後飛馳，射出陰冷的燈光，照在唐宋的臉上。他清俊的面龐因數不清的重擊而開始浮腫，頭部似乎有千百個洞，不停地往外滲血。覆蓋著他面目的血液，飽滿紅潤，活像破碎的罌粟花汁液。即便此刻如此破碎零落，但在我心中，他仍舊是剛剛那個站在車頂望著我，眼底有著柔軟月色的溫潤一抹白。

我俯下身子，輕聲地在他耳邊說：「不要死。求求你，不要死。」恍惚之中，我看見他的手指有了微弱的動靜，似乎想要舉起，然而最終還是無力地垂下。

車子到達醫院後，經過檢查，唐宋立即被推進手術室，進行腦部手術。

我站在手術室外，像做了一場夢——看著許多人在眼前走來走去，卻一個也認不出來；他們急急忙忙地在說些什麼，卻一句也聽不懂。直到手臂被猛力搖動，才從怔愣中清醒。秦麗大力搖動著我的手臂：「姐，你別嚇我！」我搖搖頭，想告訴她，我沒事，但全身力氣卻像流逝掉似的，無法張嘴。秦麗安慰我：「姐夫不會有事的。」我點點頭，像個毫無思維能力的木偶。

楊楊不知何時坐了輪椅過來，牙齒咬得緊緊的：「這群人渣，每次都用這種下三濫的手段，我找人去幹掉他們！」和一按住他，聲音很輕，卻透露出讓人不得不臣服的威嚴：「帳是要算，但不是現在。一切等唐宋醒來再說。」楊楊仍舊激憤，但還是把話聽了進去。

和一轉頭，看看我，對秦麗吩咐道：「帶你姐姐到洗手間擦擦血跡，免得一會兒唐宋他爸媽來，嚇壞了。」秦麗依言照做，扶著我去洗手間。但在經過某人面前時，那人忽然拉住了我。是阿芳。我緩緩抬起頭，發現阿芳的眼睛紅腫得像被辣椒水泡過。她盯著我，一字一句道：「你怎麼可以丟下他一個人跑了？你知道嗎，我們趕去時，他倒在地上正被六個人拿木棍擊打！秦綺，你他媽的自私得令人噁心！」秦麗立刻上前：「你做什麼？快放開我姐！」秦麗想扯開她的手，但阿芳那隻手像鐵鎖般死死銬住了我的手。那種冰而硬的感覺居然能穿透厚厚的羽絨服，直接傳到我的肌膚之上。

秦麗瞪著阿芳：「你有什麼資格這麼說我姐！你根本不了解他們之間的事情！」阿芳回道：「至少我不會像她這麼懦弱，在那種危急時刻，自己走人。」雖然沒有與阿芳對視，但還是感覺得到她在冷冷地看著我。秦麗被激怒，口無遮攔了起來：「沒有什麼至少，你根本沒有機會和我姐夫在一起。別裝出一副正義凜然的樣子，誰都知道你居心不良！」

楊楊他們趕緊上前勸架。阿芳像被人掐住脖子似的，好半天無法呼吸的模樣，我很清楚，那是疼，椎心的疼——疼、屈辱、仇恨絕對能讓人喪失理智。阿芳看著秦麗，忽然怨毒地一笑：「你以爲，楊楊眞的愛你？」此話襲來，讓這壓抑得不能再靜默的醫院走廊，更加悄無聲息。

「阿芳，夠了！」和一想要制止，但已經來不及。

阿芳指著楊楊，眼睛卻看著秦麗，道：「楊楊，告訴她吧，你心裡眞正愛的是誰，是她嗎？」秦麗的臉開始逐漸變白，但眼神卻是高傲的：「你什麼意思？」

阿芳微笑著，用最輕柔的聲音謀殺著秦麗：「意思就是，楊楊根本不愛你，我們這幾個人都知道他愛的是范韻。難道你不知道，他幾乎每天都打電話、發訊息給范韻嗎？難道你不知道，范韻前兩個月一取消婚約，他馬上就飛去英國陪了她三天？」秦麗將目光轉向楊楊，楊楊卻看著地上，沒有勇氣給予她任何解釋。

現在換我拉著秦麗走，我說：「小麗，陪我去洗手間。」此刻，她像個瓷娃娃，輕輕一碰就要碎。阿芳攔住我們，還想說些什麼，我抬眼瞪視著她，說：「阿芳，得饒人處且饒人，不要把事情做得太絕。」不知是我的話、還是表情起了作用，阿芳愣了愣，最終讓開。

洗手間的鏡子裡，我和秦麗的臉色都很蒼白。

秦麗慘淡地笑著說：「那時，他說自己是去新加坡談生意，還不許我去機場接送他。我就是這麼傻，居然相信他說的話。」我從沒見過秦麗情緒這麼低落，說道：「離開他！」至此我才意識到，楊楊對秦麗來說，是個太危險的存在。秦麗搖頭，眼神發直：「我不甘心，他是我第一次愛的人，付出全部心力愛的人，我甚至願意爲他擋刀，我不甘心就這樣把他讓出去。」

是眷戀，還是不甘心？在愛情當中，很少有人能分得出界限。我只能把秦麗抱在懷裡，她先是沉默，而後嗚嗚地哭了起來。我任由她這麼做，她忍受的已經太多，不需要在我面前強忍悲傷。

Chapter Eleven

你的婚姻，是虛假而短暫的

時間一分一秒過去，那盞亮著的手術燈幾乎牽繫著所有人的心弦，既希望它趕緊熄滅讓醫生出來告知詳情，又希望它繼續亮下去，那至少代表唐宋還活著。

等待的煎熬最是痛苦不堪，胃裡像塞滿了石塊，沉得喘不過氣來。秦麗買來食物，我卻一點也吃不下，沒有食慾，什麼都是徒然。

彷彿滄海變成桑田那麼長久，手術燈終於熄滅，主刀的醫生從裡面走出，一群人立刻圍上去詢問——除了我以外。我不敢上前，當你太在乎一件事一個人時，你是不敢知道真相的。就像我不敢問唐宋是否愛我，就像我不敢得知唐宋是否還活著。

我甚至自動關閉了聽力和視力，背脊緊緊貼著冰冷的牆壁，身體自動呈現出防禦姿態，直到秦麗興奮的臉出現在我面前：「姐，聽見沒，姐夫沒事的。」終於明白，徹底的鬆懈是什麼樣的感覺，那是靈魂深處的歎息。

從手術室出來後，唐宋直接被推進加護病房——還有廿四小時的危險期要度過。我一直站在病房外面陪他，未移一步。雖然不能和他說話，不能觸摸他的臉頰，但我想讓唐宋醒來時第一個看見的人是我。

唐宋剃了髮，滿臉青腫，完全看不出以往的模樣，可是在我眼中，他還是如天神般英俊。因爲，那是世間唯一的唐宋，我的唐宋。每一分每一秒，我都貼著加護病房的玻璃，看著自己模糊的倒影與他的重疊，不斷回想過去的種種；每一份屬於我們的回憶，都拿出來細細擦拭，輕柔回味。

耳邊忽然響起了和一的聲音：「再這樣下去，你會第一個倒下。」轉頭一看，發現一大群人不知何時都已離開，病房外此刻只剩我與和一。我舔舔乾燥的嘴唇，輕聲解釋：「我眞的不是故意不吃來懲罰自己或賭氣，我是眞的吃不下。」和一看著我，輕輕地笑：「什麼時候變得這麼軟弱了，不像我認識的大綺。」這才發現好一段時間不見，和一有些改變，整個人沉穩了不少。

我想微笑著故作輕鬆，怎奈力不從心，連嘴角也無法彎起，說道：「我一向都軟弱，只是喜歡逞強而已。」和一透過玻璃看著昏迷中的唐宋，用一種我從未聽過的平靜語調道：「大綺，振作點，既然唐宋能保護你，你也要保護唐宋。」我再次覺得和一眞的變了，彷彿經過某種洗禮，內心得到感悟，不再是那個稜角分明性格強烈只想要樂趣的公子哥兒，他逐漸蛻變成一個眞正的男人。

我決定聽他的話，就算胃裡再怎麼塡不進東西，也得硬撐下去，至少要讓自己看起來沒那麼糟糕，我想讓唐宋看見安然無恙的我。主意已定，決心出外覓食，豈料剛一踏步，瞬間天旋地轉起來，眼前一陣發黑，一時支撐不住，竟暈了過去。

這一覺睡得不怎麼安穩，壓力太大，不敢睡熟也不敢做夢。頭昏沉沉的，彷彿整個世界都壓了上來。待完全清醒過來，我發現自己躺在病床上，和一則坐在床邊，望向窗外，不知在想著什麼。

我動動嘴唇，發現嗓子乾涸，聲音也嘶啞得嚇人：「和一，唐宋他醒了嗎？」和一轉過頭來，看著我，點點頭。我看他神色不對，心裡一沉，忙問：「怎麼了，是不是他出現什麼後遺症？」和一搖頭：「沒有，他已經度過了危險期，情況開始好轉。」我掙扎著起身：「那我去看看他。」和一卻攔住了我，臉色凝重地說：「大綺，聽我說……唐宋沒事，但在你暈過去的這段時間，有個人回來了。」

女人是最敏感的生物，瞬間我就明白了一切，全身發麻，我想此刻自己的臉色必定很差——范韻，回來的是范韻。我喉嚨裡像卡著什麼東西，好半天才再度開口：「她現在在哪裡？」和一看著我，卻不說話。我開始害怕他的表情，因爲那表示情況正往更壞的方向發展。我深吸口氣，輕聲對和一道：「說吧，這些事情遲早都要來，是到了該面對的時候了。」

和一開始慢慢地說著：「唐宋受傷的事，阿芳通知了范韻，范韻趕回來了。你可能不知道自己已經睡了一天一夜，唐宋在度過危險期之後，仍然一直昏迷，醫生也說不準他到底什麼時候會清醒，只是要大家盡量跟他說話，盡快喚醒他，否則會有成爲植物人的危險。我們，包括唐宋的父母都和他說了話，他全無動靜，直到范韻出現。范韻在他耳邊說了一些話，沒多久，他便醒了過來。」和一的聲音緩而弱，盡量將自己置身事外。他明白，至少在此刻，他應該要置身事外；事情已太複雜，經不起他的涉入。

我下了床，穿上鞋子，朝唐宋的病房走去：「再怎麼樣，我也得去看一眼。」我婉拒和一的跟隨，他明白此刻我需要安靜，於是應允。

唐宋這次出的事驚動了不少人。由於牽扯到很多有權有勢的重要人士，因此並沒有驚動警方。唐宋所在的病房，整層樓都被清空，只留下十幾名親信守著。因爲認得我，他們恭敬讓行。快走到唐宋的病房時，我隱隱約約聽見婆婆的嗚咽聲：「兒子都變成這樣了，你就別再趕范韻走，就讓她留下來陪陪兒子吧。你也看見他的傷勢了，醫生說他整個人差點就沒了，要是我們趕走范韻，他一激動出了什麼事，我也活不下去了。」

公公發話了，看來他是特地從部隊趕回的：「他現在是有婦之夫，還跟以前的女人攪在一起，像什麼樣！況且小綺還躺在病床上，這麼做，太不把秦家的人放眼裡了。」婆婆繼續哭著說：「你都不知道兒子心裡的苦。之前爲了范韻，他出車禍，斷了骨頭。這次要不是范韻回來，他也不知道多久才會醒。老頭子，這是他們兩個的孽緣，我們想管也管不了。兒子心裡的苦，我這幾年都看在眼裡，可是爲了他的前途，我也只能忍。但這次出了事，我也總算看清了，什麼都比不上我兒子的命重要，只要他活下來，他想跟誰在一起，就在一起吧。」

婆婆仍在嗚咽，我卻覺得那嗚咽彷彿來自自己心中。

公公嘆了口氣：「事情還沒到這個地步，到時候我再跟他談一次。」公公什麼也沒表態，但聽得出語氣已經軟了下來。再怎麼樣的硬漢，畢竟年過半百，最害怕見到的就是白髮人送黑髮人。

看來，家庭的阻撓已經逐漸消失，范韻也取消了婚約，他們之間還有什麼阻礙呢？原來只需要一天，一天，我手中所有的牌都已爛透。如果這是場賭注，我必輸無疑。

當回過神來時，這才發現自己並未繼續走向唐宋的病房，而是走出了醫院。

天空澄明，冬季難得的好天氣。我在想，為什麼自己和唐宋總是陰錯陽差——多年前，我差點把錢包還給他；多年後，我差點成為他醒來後第一個見到的人；然後，最終取代我的，都是范韻。或者真如婆婆所說，他們這是孽緣，我鬥得過歲月，鬥得過悲傷，卻鬥不過他們的一段緣。

恍恍惚惚地走著，也不知要走向何處。街上人群洶湧，嘈雜得我眼淚幾乎要落下。忽想起不久前的深秋，陰冷的天氣裡，我把頭埋在唐宋的懷中，溫暖至極，而今後他的懷中又將擁著誰？想著念著，內心不由得生出一股堅硬的感情——終究還是放不開，要我雲淡風輕地將唐宋拱手相讓，我無法做到。

心魔一生，萬物俱變。我由著自己的身子來到了熟悉的醫院——蘇家明所在的那間。

逢中午休息時間，他正端著一碗牛肉麵呼啦呼啦地吸著。我直接在他面前坐定，不等他吃下那口麵，直接道：「范韻取消婚約回國了，在這個最後關頭，唐宋的父母也差不多同意讓他們在一起了。」蘇家明似乎被這個消息嚇住，好半天才想到要將嘴中那口麵吞下肚。

他問：「那你打算怎麼辦？」我只說了兩個字：「幫我！」蘇家明是個聰明的孩子，他立刻懂了，低下頭去，睫毛長而捲，和小時候一樣。我記得當時在我面前，小小的他經常做出這樣的舉動，恍惚間，覺得大家都沒長大似的。若是那樣，該有多好。

蘇家明問：「你覺得能瞞得過去？」我微笑道：「飲鴆止渴，我也甘願。」蘇家明猛地抬起頭看著我，那種眼神放在他身上令人感到陌生：「他眞的值得你這麼做？」我繼續微笑，微笑得不可救藥：「只要我愛他一天，他就值得所有。」蘇家明咬著牙齒，聲音卻很輕：「好，大綺，我幫你。」

再次回到唐宋病房所在的樓層，已是兩個小時後。秦麗與和一正滿世界地找我，我知道他們怕我想不開出了什麼意外。可是怎麼會呢？如果我死了，只剩下一縷煙，要讓想我的人去哪裡憑念？

秦麗小心翼翼地看著我，問道：「姐，你去哪裡了？你沒事吧？」我笑著安慰她：「出去轉一轉，你們別多心。」秦麗仔細觀察著我的表情：「姐，我們先回家去吧，回外公外婆家。他們兩老剛來電話，說想你，我們姐妹一起回去陪他們幾天吧。」我拍拍秦麗的手，要她放心：「你姐夫還在醫院躺著，我怎麼能走開。走，我們去看看他吧。」秦麗越說，聲音越低：「可……可是那個女人也在那裡。」我堅定地說：「總是要見的。」

和一遠遠地看著我，眼神明暗不清。

遠遠地，便看見一群人在唐宋的病房前站著。楊楊照舊坐在輪椅上，望著唐宋的病房門，眼神有點寂落。阿芳只看了我一眼便移開目光，是啊，是她通知范韻回來的。大夥各懷心事，人心浮動，唯一的共通點就是，看我打算走進病房，神色無不露出一定的緊張。

阿芳提醒：「裡面，有人。剛才唐宋把我們趕了出來，說是想和她單獨說說話。」我頭也不回，直接按下門的把手，道：「剛才唐宋趕的是你們，並不包括我。」說完，沒耐心等她回話，直接推門走了進去。

入眼，便是一幅最不願見到的場景——自己的老公和他前女友共處一室。噩夢忽然成爲現實，雙目有些漲痛，但畢竟也在這人世間摸爬打滾過一些年頭，很快地，我便恢復了鎮定。俗話說，前女友像彈簧，你弱她就強，你強她就弱。

范韻正坐在唐宋的病床前，和我記憶中的她差不了多少——皮膚白皙，纖細苗條，五官清麗，一件雙排扣風衣盡顯清冷書卷氣質。而唐宋，經過這一傷，雙頰深陷，虛弱許多，卻更添一股清韻。見我走了進來，他倆神色都有點轉瞬即逝的慌亂，看得我心中微痛。

唐宋的聲音有點暗啞：「你……你來了。聽爸媽說，你暈過去了，沒事吧？」我對他微笑：「我沒事，可能是被嚇壞的。」然後繼續保持這微笑，把頭轉向范韻，「你好，我是唐宋的妻子，秦綺。」聽見我的自稱，范韻愣了片刻，但她也不是那種小家子氣的人，少頃，便從容站起身，道：「你好，我是范韻。」

前任和現任互相介紹完畢，我直接坐在唐宋床邊，問道：「感覺怎麼樣？」唐宋寬慰道：「已經好多了，沒什麼事的。」看得出他因爲同時面對妻子與前女友，神情有些不自然。我一邊說，一邊撫上唐宋的手，他的手很涼：「下次不准再騙我一個人走，我知道你是爲了保護我，但如果你因此出了什麼事，我活著也不會快樂。」唐宋輕聲道：「那些都是我惹出來的事情，不該連累到你，而且……」唐宋頓了頓，似乎意識到旁邊的人，沒再說下去。我依舊微笑道：「都是同一戶口的人了，還說什麼連累。」

這樣的氣氛之於第三個人，實在尷尬，於是范韻起身，道：「我還有點事，先走了。唐宋，我……下次再來看你。」我起身送客，繼續微笑：「眞是麻煩你了。」兩個各懷心事的女人相視，說不出的感情在流轉。

范韻轉身走了出去，身姿清妙，看得人賞心悅目。在她開門那一瞬間，我拿出一張醫院檢驗單對唐宋道：「剛才我身體不太舒服，去檢查了一下，發現懷孕了，你要當爸爸了。」聲音不大不小，足以讓范韻聽見。

我看見她的身影頓了一下，如同被人從後刺了一箭。這樣微小的狼狽只是一瞬，之後，她便得體地關上門，彷彿什麼事也沒發生。被唐宋擁在懷中時，我卻一直想著范韻，想著她的樣子，想著她的聲音，想著她被我每一次話中有話刺激後的神色，我想對她說一句：「對不起，我不是故意傷害你，只是不想輕易失去他。」或許，她也想對我說這句話吧。

很快地，我懷孕的事大家都知道了，公公婆婆自然很高興，立刻摒棄之前的想法，還找專人照顧我的飲食起居，並開始購置嬰兒用品。秦麗也開心不已，說自己終於要有個外甥了。唐宋則一直握著我的手，什麼也沒說，只是那雙手的冰冷逐漸暖熱起來。

一派火熱的恭喜聲中，只有一個人最冷靜，那便是和一。他總是站在遠處安靜地看著我，而我則遠遠地與他平靜對視。我了解和一，懂得他的眼神，他是在爲我感到可悲，可悲我爲擊敗情敵竟然借用了孩子。他不知道的是，更可悲的在於——這孩子根本不存在。

我請蘇家明幫忙，幫我僞造出一張假的檢驗單，讓唐宋一家人相信我懷孕了；這招很老套，但還滿好用的。這個謊言可以維持多久我並沒有多想，那不是我可以掌握的。

儘管宣布了自己「懷孕」，我的心卻很平靜。此刻，我只想當一個旁觀者，再也不去費力，只在一旁靜觀。命運將會如何，不是吾輩可以預知。

日子一天天過去，唐宋的傷勢也逐漸好轉。

近來聽到一個好消息，那晚襲擊唐宋的惡棍及其幕後指使都已受到懲治，可想而知，其中定然不脫和一的奔走，還有唐宋父親的影響力。這樁暴力事件自有最符合各方利害的處理方式，我不需要了解太多，只要知道危險已徹底解除就行了。

唐宋自從知道我懷孕後，每天只准我在醫院待一會兒，他擔心醫院裡頭病菌太多，對我腹中胎兒不好。我依言照做。可是要聽實話嗎？實話就是，每天待在家裡的時候，內心像有尖利的貓爪在抓撓——我擔心，在自己不在的這段時間，范韻會去醫院探望他。

是的，范韻並沒有回英國，仍然待在國內。意識到這一點之後，我開始經常失眠，她像一枚不定時炸彈，時刻崩潰著我的理智。可是在所有的人面前，包括在唐宋面前，我永遠都擺出一副輕鬆愉悅的表情，彷彿什麼事也沒發生過，彷彿自己只是一名幸福的孕婦。

然而，我的異樣終究還是有人察覺了。

這天，從唐宋的病房出來，正好遇見和一。在危急關頭，我可以忘記曾經發生的那件事，從容地與他對話；可是危急情況一旦解除，我倆單獨相處於我便開始顯得有點不自在，於是我只能裝作沒看到，從他身邊走過。

和一卻有話跟我說。他問：「耽誤你一點時間，好嗎？」我想了想，點了一下頭。似是為了避人耳目，我倆來到安全門所在的樓梯口，這裡鮮少有人經過。他掏出菸，站在窗前，先詢問我是否允許他吸一根。我腹中只有自己的內臟器官血肉，其他什麼也沒；再說，我並不打算在和一面前偽裝。我不懂同意，而且還從他手上拿了一根菸。

兩人就這麼一起吞雲吐霧，沉默了約莫燃燒半根菸的時間。

和一忽然道：「大綺，你確定要這麼做？」我想，和一已經知道了我假懷孕的事情。果然，他接著又道，「你覺得，這個謊言可以維持多久？」我搖搖頭。我也不知道，以前覺得自己什麼都能想得開，可是一遇到范韻又徹底慌了手腳——懷孕，是我那時所想到能留住唐宋的方法。

和一提醒：「如果唐宋只是爲了孩子而留下來，你會好受嗎？」我凝視著他：「如果他不留下來，我會更難受。和一，我這輩子並不怎麼快樂，最需要的父愛母愛都沒得到過，唐宋是我最後的希望了。」我背靠著窗口，風滿大的，不斷吹拂著我的長髮。和一總結道：「大綺，你最可愛的時候，就是愛唐宋時。你最可悲的時候，也是愛唐宋時。」我不言，只是低頭微笑與默認。

和一協助我進行著這個陰謀，他用了很大的人情，賄賂了婆婆找來的婦產專家，暫時隱瞞我假懷孕的事。我不知道和一爲什麼要幫我，是爲了彌補自己犯過的錯，還是有其他原因？我已沒有精力去想。無論如何，我感謝他。

但，比起假懷孕被揭發，我更擔心的是范韻。她確實常去醫院見唐宋，那次見面讓我記住了她身上的香水味——鳶尾花和廣藿香的混合。好幾次，我去看望唐宋時，在病房中聞到了這種味道。女人的語言只有女人最懂，范韻並沒有放棄唐宋，香味是她占據後所留下的餘溫，混著醫院特有的消毒水味，讓我感到很不適。但我的表現卻只像個溫順的妻子，什麼也沒問，什麼也不說。原以爲自己可以這樣繼續完美地扮演下去，可是終究在春節前的某天破功了。

那天下著很大的雨，落在人的身上像小石子，打得人生疼。拎著燉好的湯，我還是想去看看唐宋。大雨傾盆，整個世界都是雨霧，想招到計程車根本不可能。我撐著傘，走了好幾里路才搭上公車。趕到醫院時，渾身上下沒一處乾的，狼狽得可以。

就在這最狼狽的時刻，我看見范韻從醫院出來——潔淨清麗，與我一身的狼狽形成鮮明對比。在腦袋反應過來之前，我的身體已經自動躲避到一旁，避開與她的正面交鋒。貼著冰涼的牆壁，這才知道自己竟是如此懦弱。她來了多久？在病房中做了什麼？此刻全成了帶刺的藤蔓，牢牢纏住我的心房。

唐宋見我到來，很是意外，忙要人找來一條乾淨毛巾為我擦拭髮上的水滴，並輕聲埋怨道：「這麼大的雨，你又有身孕，怎麼還來呢？」我看著他的眼睛，輕輕問道：「我怕你一個人寂寞。今天，我是第一個來看你的？」唐宋點頭：「嗯。只有你最關心我。」謊言聽起來總是格外動人。

「來，喝點湯。」我從保溫盒小心翼翼地倒出花膠西洋參瘦肉湯。手上正忙碌著，鼻端卻又嗅到那股幽靈般的氣息，啊，是鳶尾花和廣藿香混合的香氣，范韻專屬的氣息。心思一分散，動作就不穩。一不留神，滾燙的湯澆在我手背上。疼痛讓莫名的煩躁湧上心頭，我猛地將保溫盒摔在地上。湯水四濺，破碎淋漓，嘈雜的金屬碰撞聲後，病房中一片死寂。

「別再見她！」——我很想這麼命令唐宋，可是話到嘴邊，又吞了回去。愛情讓人懦弱，我逐漸變成一條爛軟的鼻涕蟲。

唐宋拔掉他手背上的點滴管，血絲湧了出來。他將我拉進洗手間，用自來水沖洗燙紅的手背。

我低低地說：「這點傷沒什麼的。」一邊說，我一邊看著鏡子，裡面的自己臉色蒼白。唐宋什麼也沒說，只是低著頭小心照料我的手。

他離我這麼近，髮絲甚至觸碰到我的臉頰，但我的心卻離他那麼遠。我想，自己與唐宋已經走上了某條死巷。范韻出現後，他對我並無任何冷淡之處，然而心裡一旦有了芥蒂，他們之間的任何接觸，對我而言都是一種煎熬。

這段時間我的精神狀態非常糟糕，唯一在電話中都能聽得出來。她這麼勸我：「大綺，再這樣下去，你會發瘋的。」我沒有反駁，因爲我也覺得她說的是事實。可能是我的憋屈相惹惱了唯一，她直接開罵，「別他媽媽的這麼垂頭喪氣，跟那小妖精鬥一鬥啊。你反正是正室，有什麼好怕的！」我說：「我怕的，就是自己到最後只剩下正室這個位置。」唯一也急了：「我要是你，就直接命令唐宋不准再見那個小妖精，否則……」我輕笑道：「否則，就跟他離婚？還是說打掉自己肚裡根本不存在的孩子？」

我仍在笑著，而今眼下，還眞沒什麼資格威脅唐宋。很多時候我都在想，以前自詡不已的淡定，可能不過是有自知之明吧——深知自己底氣不足，根本不敢要求唐宋些什麼。

唯一說到了重點：「大綺，這樣下去有意思嗎？你不跟唐宋說清楚，別說范韻去英國，就算她去了陰間你心裡還是有根刺，拔也拔不掉。」范韻是唐宋心裡的白玫瑰，也是我心中的一根刺。打從他們開始談戀愛，這根刺就一直長在我心中，注定要折磨我一輩子。

唯一開始說教：「還有大綺，你假懷孕的事做得眞不妥當，紙包得住火嗎？不是我要詛咒你，到時候，你別連自己怎麼死的都不知道！」我不語，接受她的訓斥。這件事我確實做得不對，足可看出自己當時有多恐慌，以及范韻的出現對我打擊之重。

跟唯一談過之後，心情稍稍好了些。

不多久，唐宋出院了。

其實還滿突然的，自從那天失控摔了保溫盒、手被燙傷之後，我就再沒去過醫院，因爲還不知該如何面對唐宋。每天，唐宋打電話給我時，我都刻意冷淡平靜以對，講不了兩句便推拖有事，掛斷電話；總而言之，自己好像傲嬌了！

因此，這天傍晚唐宋忽然出現在家中時，確實讓我有點訝異。好幾天沒見，有點尷尬，我什麼話也沒說，趕緊進廚房替他準備營養菜式，替他找衣服放洗澡水，接著鋪被子暖床。時間到了，兩人一同上床睡覺。這數個小時之中，兩人沒對過一句話。

實在太尷尬，我背對著唐宋，閉目裝睡。但在靜謐的黑暗中，他的手忽然撫上了我的腰身：「夫人，睡著了？」我搖搖頭。很久沒聽見夫人這稱呼了，居然有點鼻酸，秦綺你眞是個廢柴！

唐宋調笑道：「你就不好奇，我今天怎麼回來了？」唐宋更加貼近了我的身子，他的胸膛靠著我的背脊。身體是暖熱的，血液是暖熱的，生命是暖熱的，眞好。我順著他的話問：「你今天怎麼回來了？」就算是語言遊戲，能讓大家開心就是好遊戲。

唐宋很平靜地道出一個讓我火大爆炸的事實：「我私自逃出來的。」我頓時翻身面對他，眉頭皺得緊緊的。我在生氣。唐宋趕緊解釋：「別著急，醫生說我已經可以出院了，但你也知道媽的個性，謹小愼微，非要我多待幾天好好觀察。」我低聲訓斥：「那你也不該私自跑出來，太危險了。」但一腔氣惱都被唐宋接下來的一句話澆滅，他說「因爲我想你」。好吧，唐宋，算你狠。雖然心裡很開心，但嘴上還是說了句硬話：「想我做什麼？又不是沒人去看你。」

聞言，唐宋慢慢低下頭，埋在我的頸脖邊，輕聲道：「你是不是看見什麼了？」爲了動手術，唐宋的一頭好髮都被剃了，此刻新長出來的短髮刺得我臉頰癢癢的。我想避開，唐宋卻緊緊地抱住我，掙脫不了，只能道：「我只看見了我應該看見的。」在我的肩窩上，唐宋向我保證：「如果你是因爲她而生氣，我可以發誓，我和她眞的沒什麼。過去已經過去，我的今後，只有你。」

這是我和唐宋之間，第一次提到范韻。當聽見那個「她」字時，心中一陣酸疼難受。我知道，唐宋爲了避免刺激我，用她替代「范韻」這兩個字，可是結果也沒多好，我很清楚那個名字會一直留在他心中。但身旁唐宋的體溫眞實且迷人，我告訴自己，這才是我應該在乎的東西。最終，我伸手撫上了唐宋頭頂的傷口，那傷口是突兀的、殘酷的，我指尖帶著憐惜，對唐宋，也對自己。

我終於說出了這句話：「答應我，不要再和她有來往了。」唐宋鄭重地在我肩窩中點下了頭，他這麼保證道：「我不會再讓你生氣。」我相信了唐宋，我也必須相信他；我是說，如果還想和他這麼繼續生活下去的話。

終於平靜了一段時間，唐宋在家休養，幾乎每天都和我在一起，這樣的陪伴給予我極大的安全感，內心深處的不安暫時壓制了下來。然而日子總不可能過得太安康，就在這時，我接到了爸的電話。爸雖然待我不錯，但畢竟不是親生父女，也還是有些隔閡，很少打電話給我。聽到他聲音的瞬間，我便有預感之所以找我，定是和秦麗有關。果然不出所料，爸要我回家看看秦麗，說她的精神狀況不太好。

放下電話，我趕緊回家。這段時間因爲范韻的出現，我煩惱著自己的事情，忽略了秦麗，實在不應該。原以爲秦麗只是心情不好，想要我去陪陪她、開導一下，去了才發現，事情有點嚴重——秦麗躺在床上，已經兩天沒吃東西了，父母怎麼勸都不聽。

我推門進去，發現秦麗正直愣愣地看著窗外，雙頰消瘦，嘴唇發白，哪裡還有半分以前的影子。我問：「小麗，究竟是怎麼回事？是不是跟楊楊有關？」我猜得分毫不差，世間能對秦麗造成這等傷害的，也只有楊楊了。

秦麗也不看我，只是緩慢地眨著眼睛，道：「他說他對不起我。誰要他的對不起！誰稀罕！」我試探地問：「你跟他，分手了？」秦麗搖搖頭，動作同樣緩慢：「是他單方面要跟我分手的。」我繼續問：「是因爲范韻？」

聽見這個名字，秦麗忽然冷笑，有點神經質的那種笑法：「就是她！因爲她回來了，楊楊又有希望了，所以他要跟我分手，要用自由之身去追求那個女的。他甚至跟我說，那是他人生中第一次愛上的女人，也會是唯一一個愛的女人。而我呢？我問他：『我是你的什麼？』他說：『對不起。』原來，我在他的生命中只是對不起三個字。」

秦麗在對我說話，可是眼睛卻盯著空氣中的某片白色，她的眼睛一片死冷，堅決地說：「姐，我不會同意他跟我分手的。」我勸道：「小麗，不要爲了不值得的人斷送自己的幸福。」秦麗緩慢地轉過頭來，她的眼睛毫無神彩，眼底卻蘊藏著一股冰冷盛烈的火焰：「姐，我問你，你會放棄姐夫嗎？」我啞口，說不出話來。做爲旁觀者，我當然可以輕易地勸說秦麗離開楊楊，但事情臨到自己頭上時又會如何，還能這般輕鬆嗎？我自己都不相信。

秦麗的聲音陡然大了起來，嗓子因久未進食喝水，沙啞得嚇人，讓人想到了裂開的土壤：「姐，我求求你，不要再勸我離開他。你應該幫我，我們一起把范韻趕走好不好？她根本就不應該回來！」我按住她，低聲喊道：「小麗，你冷靜點。」手掌下，她的身體在微微顫抖。

秦麗反抓住我的手，抓得又緊又牢，像一隻受到驚嚇的小獸，帶著神經質的尖銳：「姐，你幫我一件事，我就求你這麼一件事。」秦麗要我陪她去見范韻——這就是她的請求。在這樣的精神狀態下，父母不許她獨自外出。

我問秦麗：「有必要嗎？最關鍵的那個人應該是楊楊，如果他執意要跟范韻在一起，就算范韻消失，他也不會回到你身邊。」秦麗連睫毛都在顫抖：「怎麼會跟她無關？她沒回來的時候，楊楊跟我不是好好的嗎？她一回來，楊楊就被迷住，說要跟我分手。姐，求求你，陪我一起去。」

我無法拒絕，因爲看得出秦麗勢在必行，如果我拒絕，她也會偷偷去見范韻，而在她精神狀況這麼差的情況下，有我陪著必定會好些。後來我回想，如果這個時候硬下心來拒絕秦麗的請求，結果會不會不一樣。可惜，「如果」只是一個虛幻的果實，結不成眞實。

秦麗已事先約好了范韻。我幫小麗梳洗，穿衣，化妝，她要我幫她打扮到最好的狀態。我依言照做，我明白女人最大的恥辱就是在情敵面前蓬頭垢面。打理就緒，準備帶秦麗出門之際，卻遭到媽的反對。

媽看著我，眼中帶有敵意：「她這麼虛弱，還出去做什麼？」秦麗說：「媽，是我逼姐帶我出去的。」也許是見著秦麗的臉色與眼神，儘管媽還想說些什麼，卻被爸攔住：「好了，有小綺陪著，沒事的，讓她們姐妹出去散散心也好。小綺啊，你是有身孕的人，一定要小心，有事打電話給我們。」媽囑咐秦麗：「你可要當心。」我轉過臉，看了看那處階梯，看久了，也就不覺得疼了。

總算出了門，約定地點就在離家不遠的一處咖啡館。此地僻靜，環境優雅，四面都是玻璃落地窗，水流順著玻璃滑下，從裡往外看，像是大雨傾盆。范韻並沒有拿翹，我們才剛坐下沒多久，她便到了。三杯咖啡端上，人人皆有一段心事，各自沉默。

還是秦麗最先開口：「范韻，找你來是想問你一件事，希望你誠實以告。」范韻也是聰明人，一點就知：「如果是關於楊楊的事情，我只有一句話——我感謝他，但並不愛他。」秦麗似乎鬆了口氣，整個身子卻依舊緊繃：「既然如此，你有跟他說清楚嗎？」范韻柳眉微蹙：「或多或少，他應該知道。」秦麗吞口唾沫，很渴的模樣：「那請你當著我的面清清楚楚地告訴他，你跟他之間沒有發展的可能，好嗎？」范韻拒絕：「抱歉，我覺得這種作法沒有必要，而且很突兀。」

秦麗的右手一直放在衣服口袋裡，微微顫抖著：「你想就這麼曖昧下去？對待楊楊永遠都若即若離，讓他著迷不已？我也很抱歉，不得不罵您一句『下賤』。」我低聲制止：「小麗！」沒必要把場面弄得這麼尷尬。

范韻補充道：「我和楊楊只是朋友，多年的好友。況且，我心中另有其人。」說到這兒，范韻緩緩將目光移向了我。我和她心知肚明，兩人心中共存著一個男人。秦麗也不癡傻，當即道：「也就是說，你一邊勾引我姐夫，一邊把楊楊當備胎，是嗎？」范韻柳眉皺起，弧度更盛，也不想和秦麗多說，轉向我道：「你妹妹情緒有點激動，我想我們就談到這裡吧。」說完，起身，欲離開。

秦麗卻上前一把抓住了她的手！秦麗清瘦得彷若只剩一層皮，右手仍放在衣服口袋中，不住顫抖地說：「別裝得那麼聖潔高雅，如果你真像自己說的那麼無辜，現在就打電話給楊楊，告訴他，你和他並沒有機會！」秦麗的聲音很尖銳，引來店裡服務生的注目。我趕緊上前，想分開她倆，可是秦麗的力氣卻大得驚人。

范韻雖竭力壓抑著，但話語也開始重了起來：「秦小姐，請你留意一下場合。大家都是成年人，沒有權利強迫他人按自己的想法行事。」秦麗失聲冷道：「權利？那你又有什麼權利隨意勾引楊楊和我姐夫？你又有什麼權利想來就來，想走就走，隨意破壞別人的幸福？男人看不出來，認為你是一朵聖潔白蓮，可是我們女人都知道你內心的齷齪！今天我就是要撕開你的真面目！」秦麗一邊說，一邊死命揪住范韻的衣衫，表情竟有些猙獰。

范韻也被激怒了，正色道：「如果幸福是真的，誰也奪不走。鏡花水月般的幸福只會讓人失卻安全感，讓人變得像你一樣瘋狂。楊楊從來沒愛過你，有沒有我存在，他都沒愛過你。」聞言，秦麗怔住，彷彿三魂七魄全被這句話收走，整個人如泥雕木塑，僵在當場。

我心絞痛，懂得秦麗此刻萬念俱灰的心情，但沒想到，須臾間，她眼中閃過一道絕望的戾氣，始終藏著的右手猛地伸出，裡面竟是一把瑞士軍刀——是楊楊最喜歡的一把，秦麗從他那兒硬拿過來的，當時她還笑著威脅，倘若他今後找了其他的女人，一定會用這把刀滅了他們這對姦夫淫婦！

我大驚，想伸手去奪，秦麗卻搶先一步大力推開了我。緊接著，一道白光在范韻的臉頰邊閃過，潮熱的血腥味頓時彌漫在空氣中。周圍的人發出慘烈驚叫，秦麗卻並未罷手，將范韻按在沙發上，揮動著那把瑞士軍刀，空氣中的血腥味逐漸加重，罩在鼻端，幾欲嘔吐。

我以最快的速度衝上前去，一把握住那刀，一股尖銳的劇痛後，血瞬間從掌心間淌下。秦麗見我受傷，才停了下來，渾身顫抖得像隻受傷的小動物。我將那把刀奪了過來，眼裡痠痛，我問：

「秦麗，你怎麼能毀了自己？」秦麗看著我，眼神呆滯，喃喃道：「姐，我早就被毀了。」

接下來便是一陣忙亂，爸媽來了，范韻和我被送進醫院，楊楊來了，唐宋來了。這場亂持續了兩天，在各方的斡旋下，終於平息。

范韻受了幾處皮肉輕傷，沒有生命危險，她沒有報警，放過了秦麗。楊楊則因爲這件事徹底和秦麗分手，表示永遠不想再見到她。那幾天，唐宋也時常去醫院探望范韻，回來時，臉上總寫滿疲倦與沉思。我回家探望過秦麗一次，她把自己關在房間裡，變得更瘦了，只剩下稀薄的生命力，我跟她說什麼也毫不回應。下樓時，媽冷著臉，要我暫時別再來看秦麗，我知道她把秦麗刺傷范韻的事怪在我頭上；很可能，所有的人都怪我，包括唐宋在內。

唐宋有事瞞著我，他有了祕密——好幾次，我在書房外聽見他跟人講電話，但當我靠近時，他又警覺地暫停不語。待我開門時，他則恢復成正在看文件的模樣。正襟危坐，若無其事。我不確定和他通話的人是否是范韻，但我確定他常去醫院探望范韻——這，是蘇家明告訴我的。負責范韻病情的醫師正好是蘇家明的同學，他輾轉得知唐宋常去找范韻，兩人總是交談許久，而范韻也總因他的來到顯得神色振奮。

蘇家明這麼告訴我：「大綺，你慘了！」他沒說錯，我自己都覺得有點慘，連假懷孕這招都使出來了，還是拴不住自家丈夫。我並未把所有的情緒表現出來，只因理智按壓著我的情感，時刻提醒著——范韻之所以受傷，我也有責任，唐宋身爲朋友和舊情人去探望她，也是人之常情。

可惜更多的時候我仍死死記得范韻受傷那天，唐宋趕到時臉上的緊張神色。我想，如果躺在那裡的是我，他也會是這般神色。我太貪心了，我希望自己是他的獨一無二。我還記得唐宋的那句話——「過去已經過去，我的今後，只有你。」只是，過去雖已過去，記憶仍舊存在，我再怎麼堅強也敵不過他們的曾經。

開春的時候，同事去尼泊爾遊玩帶回了許多禮物，富有民族特色的紗巾、項鍊手環耳環等銀質首飾、木雕銅雕面具等小東西堆放在一起，讓我們自行挑選。我卻看中了一顆果實，外殼堅硬，頗爲奇特。同事說：「那叫貝爾果，貝爾樹結的果子。」

我想起，曾有個人告訴我貝爾果婚的含義——「你的婚姻，是虛假和短暫的。」我後悔過嗎？握著那顆貝爾果，我悟不透。

愛得太卑微，愛得失去了自我

我和唐宋之間看似感情依舊，我卻逐漸感覺兩人之間隔著一層白色的霧。我看不清他，而他，可能也看不清我。

關於范韻受傷的事，我們沒怎麼談過。能怎麼談？難道要說——「嘿，真不好意思，我妹傷了你前女友，原因是你前女友好像要搶我未來的小妹夫，而且你前女友好像還說對你餘情未了。對了，順帶提一句，我未來的小妹夫和你前女友是大學同學，跟你也是換帖兄弟的那位。」關係牽扯得太複雜，懋得人頭疼。

此外，唐宋似乎對我的肚子沒什麼太大興趣，並未再像過去那般每日碰觸。我按捺不住，某天便問了出來：「你是不是覺得，這孩子來得很意外？」唐宋正在看書，聞言，怔了半晌，才輕道：「怎麼會呢？」我低頭，沒再說話。關於這個話題，我們並未再往下深談。兩個人同時有了心事，斟酌話語是一件很累的事。真正確定唐宋並不太關心我腹中的「孩子」，是在聽見那番對話時。

自從知道我「懷孕」後，婆婆便三不五時地要我們回去吃飯，順便喝她爲我精心熬的補身湯。這天比較早下班，我沒等唐宋一起，自己先去了公婆家。到的時候不湊巧，婆婆正在休息，不想打擾，便在家裡傭人的招呼下去了唐宋的房間。

唐宋雖已搬走不少時日，房裡仍滿滿地留有不少他的東西，大多是獎狀獎杯證書什麼的，兩大書櫃全都擺滿，彰顯著他過往的優秀。我用指尖輕輕撫過那些物品，彷彿這無意義的動作能讓自己觸碰唐宋的過往——哪怕只是一點點，也好。畢竟，無法參與他的過去是我最大的遺憾。

覽完放在外面的東西，我拉開抽屜，看見裡面擺了許多相冊，全是唐宋過去的照片。翻開第一頁，便是嬰兒時的唐宋，白淨圓臉，可愛至極。接下來，是幼兒時的他，在眾人圍繞下，小臉俊秀，沒笑，顯出了沉靜之色。少年時的他，白衣翩翩，臉上雖還留有稚氣，眼神卻已跳脫那個年齡。

正仔細端詳著，相冊的夾縫忽然掉出一張照片，飄落在地。待看清照片上的人，眼球活像遭到一把利刃切割，痛不可當——上面是少年時的范韻，一襲白裙，明眸皓齒，嫣然一笑。我身體裡的血液忽然衝上腦袋，太陽穴突突地跳，登時跌坐在床上，半天也沒緩過來。從沒天眞地想過唐宋會丟棄有關范韻的東西，但眞正看見又是另一番感受，內心世界彷彿寂靜無聲地天崩地裂。

不知過了多久，不知用了多大的意志力才得以平靜下來，用微微顫抖的手將照片放入自己的錢包。怔忪中，忽聽見唐宋走上樓來，可能不知我在這裡，而是直接走進隔壁公婆的房間。我悄無聲息地步出房間，腳步輕得像貓掌般慢慢朝隔壁房間靠近。房門微掩，裡面母子倆的對話聲隱隱傳出。

婆婆叮嚀：「現在已經要做爸爸的人了，可不能再像以前那樣胡來，范韻那兒也別去了，別讓小綺知道，免得她不高興，影響孕婦情緒。」唐宋答：「媽，我知道。」婆婆又說：「對了，最近我看小綺反倒瘦了，明天我約了個老中醫替她看看，調理一下身子。」唐宋回道：「不用了，不用這麼麻煩。」婆婆驚訝地說：「什麼麻煩不麻煩的！我說你這孩子怎麼回事，別人當爸爸都是歡天喜地的，就你一個人不把孩子放在心上。我可告訴你，就算你再怎麼不喜歡小綺，那孩子總是你的，別這麼不關心。」

唐宋簡短地說：「媽，我們自己的事情，自己清楚。」婆婆微慍：「什麼清楚！你以爲我看不出來，你還對那個范韻餘情未了。宋兒，要是小綺肚裡沒這個孩子，媽說不定心一軟也就同意你和范韻在一起，可是現在情況不一樣了，你總不能讓自己的孩子沒父親啊！所以，還是安心地跟小綺過下去吧，知道嗎？」唐宋還是回答：「媽，我知道。」

我慢慢縮回了貓掌。

後來，當發現我在他房裡時，唐宋眼中滑過一絲短暫的驚訝，隨即回復神色道：「下去吃飯吧。」我微笑道：「好。」

席間，婆婆一邊看我喝湯，一邊問：「你們打算替這孩子取什麼名字？」唐宋埋頭吃飯：「不急。」婆婆埋怨：「什麼不急啊！再過沒多久孩子就要出世了，我說你這個做爸爸的，一點都不懂事，當初我懷你的時候，你爸爸爺爺老早就把你的名字想好囉。」唐宋順水推舟：「那就你們做主好了。」「你怎麼一點也……」礙著我在場，婆婆也不好多說，但我懂她想說什麼。自從范韻受傷之後，唐宋的確再也沒關心過孩子了。也許是他的心太小，只能關心一個人吧。

吃完飯我們開車回家，望著路旁橘黃的燈光，稀稀疏疏的人群，我伸出手指，在窗玻璃上胡亂地畫著。忽然，一個聲音從我體內衝出：「你說，我們的孩子叫什麼名字好？」唐宋安靜了好一會兒，才道：「什麼都可以。」

聞言，我心涼了一涼——因爲不在乎，所以不在意，是嗎？如果孩子是他和范韻共同孕育的，他也會這麼淡然嗎？從來，我都認爲無論自己的內心多陰暗多潑婦多庸俗，都不該在唐宋面前表露出來。然而事實證明，不是我有多會忍，而是情況還未挑戰到我的極限。在這一刻，我內心的黑暗全都爆發了。後來，我時常探究自己當下的心態，終於得出了結論，這是一場報復，報復唐宋對屬於我們那個孩子的漠視。

我直接問了出來：「你還想著范韻嗎？」很是順口，足以看出這個問題在我心中盤桓許久。唐宋靜默了很久，而後給出一個回答：「不，並沒有。」我問：「那爲什麼你的抽屜裡還放著她的照片？」唐宋不答話，此時車子已駛到自家車庫附近。停了車，我倆一前一後走回家。

他似乎想逃避這個話題，逕直上了樓。我怔了怔，也跟了上去。

唐宋進了浴室，放水，開始脫衣。我站在門口，直直地看著，看著他的身體，心中竟彌漫上一絲悲哀。我拿出范韻的照片：「這張照片，你要給我一點解釋嗎？」他不看，不答。我的眼睛也慢慢低了下去。他背對著我，終於開口：「你究竟想要我做什麼？」我看著照片，有個聲音再度衝出口：「我想要你撕了它。」

讓女人衰老的是歲月，讓女人醜陋的是嫉妒。我不經意地看著鏡子，竟不認識裡面那個女子——蒼白的臉，嘴角神經質地抽動，一雙眼睛裡沒有絲毫柔和顏色，可是五官臉龐卻是那樣的熟悉，那是我，秦綺；只是，竟熟悉得陌生。

唐宋仍舊背對著我，彷彿永遠不想轉過頭來：「我說過，她已經與我們無關，那張照片是我很久以前放在書桌抽屜裡的，連自己都忘了，並非有意隱藏。」我說：「那麼證明給我看，把它撕了吧。」我需要證明，很多很多的證明；我需要安全感，很多很多的安全感。

唐宋問：「秦綺，如果我這麼做了，你心裡就會舒服嗎？」那一瞬間，他的背影顯得有些疲倦。是否會舒服我不清楚，但肯定的是，倘若他不這麼做，我會發狂。我告訴唐宋：「是的，只有這樣我才會安心。」

唐宋忽然轉身奪過我手中的照片，撕成兩半，丟在馬桶中，手指一按，從中被撕成兩半的范韻隨著旋轉的水流被抽走了。唐宋問：「還有什麼需要我去證明的嗎？」

他的語氣和往常一樣，我卻感到隱隱的冰冷。有句成語叫自暴自棄，我從來都不是個聰明女人，既然局面已經如此，不妨弄得更壞。這是我性格中的缺陷，我從不懂得懸崖勒馬，我只知勇猛直前。我要求唐宋：「有，把那條紅手環拿來，當著我的面剪斷。」

這話一說出口，連自己也覺得過分。但心痛都痛了，不介意更痛。

聞言，唐宋靜默，流動的光在他眼中流轉，情緒太過複雜，我看不明白。

唐宋說：「已經不見了。」我說：「不要騙我。」唐宋答：「我說的是實話。」我問：「那東西對你眞的這麼重要？」唐宋靜靜地說：「重要的不是過往，是現在。秦綺，不要變成我不認識的人。」我說：「任何過往都會影響現在，或許你一開始就不認識我。」唐宋問：「你到底想怎麼樣？」他很無奈，看著我的眼神很陌生。我在爲難他，他又何嘗沒有爲難我？

我的態度很強硬，強硬得可怕：「照我說的做，證明給我看，我就會學著釋懷。」唐宋斷言：「你不會。秦綺，你已經陷入一個情感的死胡同，無論我怎麼證明你都不會釋懷。關鍵不是我應該做什麼，而是你的心態。」我問：「你這是在拒絕嗎？」他冷冷地說：「秦綺，不要逼我。」

唐宋的眼眸很淡很悲涼，他眼中的神色刺痛了我。我搖搖手，很無力，退出了浴室。我想，自己已經徹底讓唐宋厭惡，而唐宋也徹底讓我失望。

浴室的嘩嘩聲漸漸離我遠去，當反應過來時，我發現自己已經開著車出門了。

我沒帶手機，也好，如果手機靜悄悄的，並沒有唐宋的電話，我想自己會發瘋，倒不如一開始就不知道的好。

才剛拿到駕照不久，開車技術還頗生疏，但上路倒沒什麼問題。駛入了市中心，那裡燈光如流火，即便是虛妄的繁榮也至少能占據雙眼，讓眼淚無處流淌。逛到手腳皆麻木，我在一家大飯店要了房間，決定今夜不再返家。並非不想看見唐宋，而是怕唐宋不想看見我。

房間很大，有個小客廳，連接著臥室，整面牆都做成了落地窗，往外看去視野開闊，整座城市成為一個縮影，聚在眼前。一個人的情情愛愛生生死死，其實多麼渺小，但我就是看不透。

要了洋酒，我靠坐在沙發上，開始自斟自飲。酒的後勁很大，待解決完一瓶，整個胃已然翻江倒海，難受得要命。搖搖晃晃地奔到洗手間，一不小心，竟摔倒在地，手肘撞在洗臉臺上，痛得我直冒淚花。來不及處理外傷，胃中一股穢物上升，我趴在馬桶邊緣，哇哇地吐了起來。

嘔吐聲迴盪在洗手間中，震得我耳朵嗡嗡響。嘔吐的滋味太難受，差點連肝膽都吐了出來。吐完一個階段，想站起來，卻發現雙腳無力，努力撐起身子，幾次三番跌回地上。此時天候依舊寒冷，涼意一股股鑽進骨頭縫中，牙齒開始打顫。我覺得自己是自作自受。

正以為自己今晚就要凍死在洗手間時，忽然一雙有力大手扶起了我，抱我到柔軟大床上，接著拿了一條溫熱毛巾開始輕輕擦拭我的臉頰。身體舒適，神志稍稍清明，我睜開眼，發現眼前忙碌著的是一高挺人影，那雙細長的桃花眸子，我如何也不能忘記。

我輕聲喚了出來：「和……一？」他開始澄清：「放心，我只是想照顧你，沒什麼非分之想。」我問：「你怎麼會來這裡？你跟蹤我嗎？」和一解釋：「哪來這麼多閒工夫。這間飯店是我家開的，正好今天過來視察，撞見你走進來。看你心情不好，本來不想打擾免得自討沒趣，可是聽說你叫了不少酒，怕你喝醉後出事，只好在門外注意著。結果，還眞聽見你在裡頭吐得翻天覆地，就要人開門，我好進來看看。」

也許是酒精的作用，我忽然笑了出來。

和一爲我擦拭著，還自言自語道：「跟唐宋吵架了？我這是什麼白癡問題，除了他，還有誰能讓你這個沒心沒肺的女人如此傷心？」我大著舌頭反駁：「我有心也有肺，我就是心肺太多了，才會讓自己不痛快。」和一靜靜道：「你的心肺全是朝著唐宋長的。」

我怔了一下，忽然翻身，盯著和一的眼睛，一字一句道：「和一，我是不是不該愛唐宋？」和一輕哼了一聲：「你不僅沒心沒肺，還鐵石心腸。你對我問出這個問題，大綺，你這叫殺人不見血。」我也冷哼：「我又說錯話了？」重新倒回床上，腦袋暈乎乎的，整個房間都在旋轉。

少頃，和一對著空氣道：「你不是不該愛他，你是愛得太卑微，愛得失去了自我。」我若有所思：「愛得太卑微嗎？」和一道：「其實，唐宋是個很負責的人，他不會輕易拋棄你。」我說：「你不覺得，如果一個男人出於責任，而得和一個女人生活在一起，那多痛苦啊。」

和一替唐宋緩頰：「大綺，這你不能怪唐宋。打從一開始，你就是扛著責任奔去的；你出現在唐宋的生命時，對他來說就是一個責任的象徵。而現在，你又開始厭惡自己做爲責任的身分，你說，錯在誰？」和一說話從來都是另闢蹊徑，但也不無道理。

我開始找理由：「誰教愛情讓人變得貪心！」

和一又拋出一個棘手的問題：「你假懷孕的事情，打算怎麼收場？」我神經兮兮地開始笑，看來眞的喝多了：「今朝有酒今朝醉，明日愁來明日憂。」和一出主意：「要不然，裝作流產吧。我來做個好人，幫你打通上下關節，唬弄過去。」我嗤笑，笑和一形容自己是好人。

我問：「你爲什麼要幫我？」和一看著我，眼睛誠實得讓人心驚：「因爲我還沒對你死心。」我轉開眼睛：「你對我的愛，就像我對唐宋的愛。」和一注解：「永遠是自討苦吃，沒有結果，是嗎？」我撐起身子，不正面回答：「我去洗澡。」衣服上沾了穢物，臭烘烘的，睡不著。

和一幫我放了水，扶我進去，他說等我出來後自會離開，他擔心我淹死在浴缸裡。

脫下衣服，躺入溫熱的水中，渾身舒服得每個毛孔都在叫囂。我深吸一口氣，把頭埋進水中。一瞬間，眼前閃過很多人——唐宋、和一、范韻、楊楊、秦麗、阿芳、瑋瑋、蘇家明、唯一，一個個鮮活的面孔嘈雜地擠在我腦海中。

憋氣憋太久，胸膛內活像藏了一面鼓，咚咚地敲著。忍耐不住，我冒出水面，大口大口呼吸著清甜新鮮的空氣。就在破水而出的刹那，浴室門被人大力推開。我一驚，轉過頭去，竟對上唐宋那雙隱藏著怒火的雙眸。事情實在發展得太突然，有點時空錯亂之感，我這一望，竟看得呆住。

我聽見和一在外頭解釋的聲音：「唐宋，她喝醉酒，恰好被我撞見，就進來照顧一下，你別想太多。」唐宋不言不語，就這樣看著我，好半天才道：「和一，你出去！」空氣凝滯了好一會兒，終於聽見和一步出房門的聲音。

唐宋就站在浴室門口看著我，他的眼神，我越來越不懂。唐宋問：「你知道自己在做什麼嗎？」我解釋：「我和他，眞的沒有發生什麼。」唐宋問：「你要我跟她保持距離，那你跟和一又算是怎麼回事？」浴缸中的水慢慢變冷，我輕笑：「現在是在找我的錯嗎？」

唐宋忽然走過來，硬把我從浴缸拖了出來，擦拭乾淨，裹上浴袍，說道：「秦綺，不要無理取鬧。」我笑：「你是不是覺得，我們兩個現在扯平了？」唐宋承認：「是的。」我推開他：「不可能！」唐宋問：「爲什麼？」我喊道：「因爲我跟和一之間沒有什麼，但你跟范韻之間卻有很多！」唐宋靜靜地看著我：「大綺，你不覺得自己變了嗎？」

看著唐宋的臉，這是我生命中的第一個男人，是我少年時代的神明，而現在我卻將我們的關係弄得如此難堪，如此破敗。我忽然感到很累，累得只能問出一句話：「唐宋，爲什麼我們會變成這樣？」唐宋也反問：「是的，爲什麼會變成這樣？」我說：「我不懂。」唐宋也不懂，他的眼中染滿了與我同樣的迷惑。

再這樣下去，我會變得不像我，而他也會變得不像他。和一說得對，我愛得太卑微，愛得失去了自我。秦綺，你愛得連自己的名字都忘記了。我抬頭，迎著他的眼眸，輕聲道：「唐宋，我們……不如先分開一段時間。」有時放手並不是爲了放棄，只是給雙方一些時間，理清頭緒。

當做出這個決定後，我從家裡搬了出來。頭兩天住在飯店，第三天那蘇家明八卦女王附體，不知從哪兒得知了此事，居然找上門來。

他硬把我拉到一間小公寓，說是他朋友的屋子，人家出國了，正好想找個人照顧房子，免得遭小偷，特許我免費住下。我一看，這屋子乾淨整潔，還滿溫馨的，於是老實不客氣地住下。當然，蘇家明也不是吃素的，爲了報答他，我決定請他吃一個月的午餐。

跟蘇家明吃飯的好處是，兩個貪吃鬼湊在一塊兒吃東西特別有感覺，吃什麼都好香；壞處就是，此人八卦之心太盛，明明嘴裡塞滿了東西還在問我分居的事，我自然敷衍回答帶過。

「自己住還習慣嗎？」「還可以。」

「打算分居多久？」「還沒決定。」

「有沒有打算婚內出軌？」「沒想過。」

「這招是以退爲進，還是破釜沉舟啊？」「見仁見智。」

可是，他的最後一個問題還是將我炸得不淡定了：「你就不怕在分居的日子裡，唐宋會跟范韻復合？」我唾蘇家明一口：「烏鴉嘴！」蘇家明小得意：「看看你，終究還是怕吧。」我輕度威脅著：「你若怕我在你飯裡下毒，就少說點話。」蘇家明果眞是個好飯友，知難而退，低頭吃飯，不再執著於這個問題。

可是沒吃多久，這孩子又憋不住了，問道：「秦綺，你到底是怎麼想的啊？要離婚什麼的趕緊趁早，趁現在還沒老透，把自己再嫁一次，誰說下一個會比唐宋差！」我站在弘大的觀點批評他：「有你這種慫恿朋友離婚的人嗎？眞是太唯恐天下不亂了！」蘇家明繼續遊說：「我可是爲了你著想。早市黃瓜兩塊錢一斤，中午一塊五一斤，晚上一塊就全賤賣了。」

我憂心：「我說，你做爲一個男人，怎麼沒有半點大男人的覺悟啊！整天老是這樣八卦來八卦去的，越來越像我，你要我以後怎麼對得起你們蘇家列祖列宗！」蘇家明嘴上功力越來越見長：「姐姐，你自己的事情都忙不過來，我們家列祖列宗就不勞您掛心了。」我搖頭：「我才不想掛心你們家的事，誰教你整天掛心我們家的事，吃飽太閒。」

也不知道這話哪裡惹到他了，這孩子脾氣一上來，筷子一丟，湯汁一甩，轉身就走。我追也不是，不追也不是，怔在原地，有點尷尬。歎口氣，原地坐下，繼續吃——還有一大桌子菜呢，怎麼能浪費。

正埋頭吃著，忽有人在對面坐下，一抬頭，就對上那雙細長眼眸。我明知故問：「碰巧遇見我？」和一也沒隱瞞：「哪裡會次次都這麼巧！我是特地來找你的。」我問：「找我做什麼？」正好吃得差不多了，找老闆結完帳，跟和一一塊兒步了出去。

和一道：「聽說因爲上次的事情，你跟唐宋吵架了，需要我去解釋一下嗎？」我坦白：「該解釋的，上次都解釋完了。再說，事情也不是因爲你。」和一總是要點破：「還是因爲范韻？」我默認。和一繼續說：「大綺，這麼做有意思嗎？我覺得你有點偏執。」我搖搖頭，這些事我眞的不想再多說。和一也察覺了我不想多說，他提議跟他一塊兒去喝點東西，我想了想，婉拒了。和一瞄我一眼，輕輕地問：「怕他繼續誤會？」我輕輕地還他一眼：「怕我們三個人都誤會，也怕這個世界誤會。」

和一低著頭，半晌不說話，睫毛低垂，遮著那雙含義豐富的眸子。突然，他開口道：「大綺，你這是什麼意思？」我直接道：「和一，以前的事情我可以淡忘，卻沒法子當做什麼都沒發生過。」和一似乎勾了一下嘴角，是一種想笑卻沒什麼力氣的感覺，他問：「大綺，是我給你的時間還不夠，對嗎？」

我直截了當地說：「不是時間，是我自己的問題。已經發生的事必然會產生後果，我沒辦法回到之前與你相處的狀態，我和你之間的關係永遠會是尷尬的存在，連朋友都不太可能繼續做。」如此直言，我並不怕傷害他。人總是這樣，對愛自己的人殘忍，卻忍受著所愛之人對自己的殘忍。

和一沉默著。冬末初春的陽光，一半寒冷一半溫暖，照在他臉上。那張臉，多好看，但我就是不愛，我也恨自己，痛苦都是自找的。我說：「如果沒事，我先走了。」再待下去也不能改變什麼，生活就是一筆亂帳。

和一叫住了我，忽然問：「你知道，顏色坊幕後的老闆是誰嗎？」我不作聲，停住腳步，回頭看他。和一說：「是唐宋。跟范韻分手後，他就開了那間招待所，是他思念故人之處。」

我安靜地等待著，我相信，和一想告訴我的不只這些。果然，他亮出了底牌：「唐宋在顏色坊中有一個房間，裡面放了很多東西，想去看看嗎？」我無法說出「不」字，即便知道這是和一設的局，我也必須去。我想，我需要的東西，就在那裡。

東西就在顏色坊三樓盡頭的小房間中，毫不起眼，最適合隱藏。和一已經提前拿到了鑰匙，取得的來歷當然不會太光明，然而我也沒有心思追究。

打開房間，裡面燈光昏暗，好一會兒眼睛才終於適應。而當適應之後，我發現除了靠牆站的一個書櫃，並沒有什麼其他的東西。我朝書櫃踱去，看見了一抹紅色，紅得陳舊，紅得黯淡，卻如此刺目。那條紅色的編織手環，那條被我丟棄被他撿起的手環，那條見證了唐宋與范韻感情的手環，那條他說自己已經丟棄的手環——正安靜地躺在那裡，居高臨下地看著我，彷彿無聲地發出並無惡意的冷笑。它本來就是勝利的，根本不需要我這個失敗者的沮喪來增添光彩；它是自信的，那份理所當然固若金湯的自信；它從沒把我當成對手看待，我沒有這個資格。

不只是它，還有滿書櫃的物品都在冷而高傲地笑著——唐宋與范韻的合照、情侶裝、小裝飾品等各式各樣的物品，無一不記載著我最害怕的那些曾經，我連拿起來看一眼的勇氣也沒有。我的腳底像有個洞，一個黑色無底的洞，渾身力氣持續而無聲地流逝著，我整個人如初生般虛弱。

如果顏色坊是唐宋的一顆心，那麼這個房間便是他隱藏在心底的小角落，他與范韻的感情永遠存在。累，開天闢地從未有過的累。終於明白，我對抗的不僅僅是一個范韻，我對抗的還有唐宋人生中第一段最純粹的感情；我滅得了范韻，卻對抗不了唐宋。看清自己的自不量力後，我渾身開始發冷，冷得牙齒打顫。

耳邊傳來了和一的自嘲：「我好卑鄙，是嗎？」「和你無關。」說完，便轉身走了出去。雙目開始漲痛，不能再自虐下去，會發瘋的。低著頭往前走，走廊地毯質地厚實，踏上去很安靜。也許是太安靜了，因此當和一猛地拉住我的手時，霎時間湧出了不知今夕是何年之感。

我下意識地回過頭，看向和一，和一卻越過我的眼看向前方，彷彿前方有洪水猛獸那般。慢慢順著他的目光看去，我發現了兩個人——男的高挺，女的纖細，搭在一起，煞是和諧；我是說，如果不要有我這個妻子在場，多好。

唐宋和范韻站在某間包廂門前，范韻想離開，唐宋卻阻止她，拉拉扯扯，牽牽絆絆，一團混亂。某個瞬間，唐宋猛一抬頭，發現了我。面上的吃驚如煙花盛開，我，聽見了自己心中某件東西爆炸的聲響。我們四人就這麼呆站在原地，按兵不動，彷彿誰先動了，誰便先亂了陣腳。

和一主動出擊，走上前去拉著范韻，推開包廂門，進入：「范韻，好久不見。走，我們進去喝一杯。」范韻被拉著走進去時，那眼神我永遠忘記不了——很複雜，濃郁且深沉。是勝利者的微笑，是挑戰者的示意，還是其他，我已不想追究。

昏暗的燈光將唐宋的輪廓映得模糊不清，他慢慢走近了我，聲音卻越來越遙遠：「今天我和范韻，絕不是你想像中的那樣。」我回答：「你們之間怎麼樣，我想我已經沒有權利知道了。」唐宋忽又上前一步：「這……是什麼意思？」我平靜地說：「意思就是，我願意……成全你們。」

我們之間近得能觸及彼此的呼吸，兩顆心卻遙遠得無邊無際。唐宋的呼吸似乎停滯了片刻，再開口時，語氣中增加了涼意。他問：「如果沒有和一，你會不會做出這樣的決定？」我解釋：「跟和一無關。」唐宋看著我，慢慢地後退了一步：「在我看來，有關。」

他來去自如，能隨意控制與我之間的距離，他要的是安全距離——一對缺少愛情的夫妻，能安全平靜地相依相伴，白頭偕老。但我做不到，要嘛遠隔天涯，要嘛近若咫尺。怪只怪，我只愛他一個人，他卻並非只愛我。

我再也無力解釋，越過他，腳步一輕一重地離開。唐宋抓住我的手臂，力氣很大：「爲什麼不肯好好地跟我說話？」我道出實情，聲音疲倦地連自己也吃了一驚：「我看見那個房間的東西了。唐宋，那些東西太多太重，我搬不動。」他的手劇烈抖動了一下，彷彿被燒得通紅的鐵燙傷一般。

我的氣管狹窄得僅能供游絲般的氧氣通過，難受。眞的終於明白，自己要對抗的不是范韻，而是唐宋的整個青春，是他最珍貴的記憶，是構成他整個人生最重要的情感。我不自量力，敗得狼狽。

回到臨時的居所，我一個人，孤孤單單，前路迷茫，誰也幫不了。衝進浴室泡了個澡，熱水讓肢體活絡起來，但一顆心仍舊僵硬無能。在這樣一個看似和諧卻無能爲力的世界，最難捱的莫過於失戀。我的這一失，還眞有點慘烈，把多年的青春和幻想都給失了。

打開冰箱，找出所有的酒，全都打開，喝了起來。沒什麼下酒菜，只能打開電視，看著裡面那些相親節目，哈哈哈哈地跟著傻笑。直到一名男嘉賓上場，人帥多金，談吐文雅。

一開始，臺上的老年剩女年輕剩女無不對他投注熱切的盼望，豈料最後關頭，這孩子居然說出前女友在兩年前過世的事情。他話還沒說完，場上劈里啪啦一陣滅燈，其中有個廿一歲小蘿莉滅燈的原因是——他心裡會永遠存著前女友，做爲一個女人，她沒辦法這麼無私這麼偉大，能容忍自己的丈夫心中有另一個女人的存在。

看完這段節目，我開始拿酒瓶砸自己的頭——秦綺你眞是蠢得可以，人家廿一歲的小女孩都懂這個道理，你這大半輩子白活了！正敲在興頭上，門也有人敲了，本想不理會，但敲了一分鐘，門居然被鑰匙打開——進來的是八卦之王蘇家明。

我劈頭就說：「雖說現在離光天化日有一定的距離，可是也不能構成你闖空門的理由。我說蘇家明，再怎麼樣我也是個女的，你就沒想過直接進到女人的房子裡會遇上什麼種種的尷尬嗎？是你太天眞還是我太齷齪？不過，今天的事就這麼算了，快把鑰匙給我。」

我這麼一大篇囉唆話，蘇家明卻一個字也沒聽進去，他看了我半晌，最後只問了一句：「你怎麼哭了？」我側過頭去，迅速用袖子擦掉眼淚，指著電視道：「笑哭的。」蘇家明說：「你這種解釋，根本是明目張膽鄙視並侮辱我的智商。」我說：「我才沒有侮辱你的智商。你稱自己的智商叫做智商，那才是對智商的侮辱。」

蘇家明問：「你到底爲什麼哭？是因爲唐宋嗎？」我說：「別提他的名字，讓我靜一靜。」蘇家明毫不留情地指出：「你以爲我不提，你就不會想他；你以爲我不提，你就不會傷心；你以爲我不提，他和那個誰就會在這個世界上消失？你以爲我不提，你就能過正常的生活？」他那忽然提高的聲線刺激了我。

我忽地站起身，微醺的昏眩讓人好似站在搖晃的輕舟上：「蘇家明，你能不能別管我！就算是朋友，也不需要介入彼此的隱私和生活，我並不希望我的任何事你都要來參與！」

這話一出，蘇家明像被魚刺梗住，面色白紅交雜。如果情緒是水，他的心裡必定翻騰起驚濤駭浪。這話一出，我自己也冷靜了下來。蘇家明有時雖然八卦得讓人討厭，但畢竟對我幫助多多，我居然化身成馬景濤馬教主咆哮他，也太不應該了。正想認個錯，道個歉，他卻先我一步開口。

蘇家明深吸口氣，道：「秦綺，你以爲爲什麼每次你出事我都會在場，你以爲爲什麼你的每件事我都要參一腳，你以爲爲什麼我會對你的事情這麼八卦？」接著，他咬牙說出了最後一句話，「秦綺，因爲我喜歡你，你這個白癡！」他咆哮完畢便跑了出去，那腳步簡直快得能趕上兔子。

隨著大門關上的巨響，我也跌倒在沙發上——該笑，還是該哭？在發現自己失去一個男人時，上天又給了你另一個男人，這賊老天！蘇家明罵我白癡罵得沒錯，我只能照單照收。

就這麼窩在沙發上醉倒，醒來時，發現天已大亮，電視電燈仍然開著，我卻因爲吹了一夜冷風重度感冒，流鼻涕咳嗽發燒，一個症狀也沒少。這生活過得還眞混亂，感情受創，身體也跟著受創，看來老天爺是不能亂罵的。

我秦綺再怎麼不濟也是條女漢子，絕不能淒淒慘慘戚戚地死在一間小公寓裡。思及此，我撐起身子，想爬起來，卻高估了自己的體力而跌坐在地，手掌還被玻璃茶几邊緣劃傷。禍不單行，只能認栽。我躺在地上，感覺冰冷的地板因自己的體溫逐漸變得滾燙。

迷迷糊糊間，我聽見了窸窸窣窣的開門聲，然後是急切逼近的腳步聲，接著有雙手從地板上抱起了我。我睜不開眼睛，但那懷抱讓我想起了自己的執念，我環住來人的脖子，輕喚了一聲「唐宋」。抱著我的手臂僵硬片刻，之後便被柔軟的床包裹。生病時誰都是自私的，也不管他人，自顧自地睡去。

這一覺無夢，醒來時發現兩件事，一是自己的手掌被白紗布包著，二是看見沙發上有道挺拔的身影，心臟瞬間收緊，待看清，才發現那人並不是自己所念。

蘇家明背對著我，冷冷道：「床頭有粥，自己喝。」見粥的表面凝固了一層，我脫口：「冷的。」蘇家明賭氣道：「叫你們家唐宋替你熱吧。」這句話硬得我夠嗆，抖擻一下手臂和腿，發現還能動彈，便起身拿著碗去了廚房。正加熱著，蘇家明在外面喊道：「也替我熱一碗端出來。」我有點小怒，朝他吼道：「你沒看見我手掌負傷，而且還在生重病啊！怎麼當醫生的？」蘇家明回嗆我：「我昨晚守了你一夜，人也快虛脫了，你服侍一下我不也很應該？」

我說不過他，況且自己的確有點莫名理虧，便破天荒地沒再跟他拌嘴。端了兩碗粥到客廳，兩人開始呼啦呼啦地吃將起來。熱粥下肚，身體感覺好了許多。正舒服著，身旁的蘇家明放下碗，忽道：「昨晚，你一直在喊唐宋的名字。」我說：「嗯，這個人欠我很多錢。」蘇家明白我一眼：「大綺，你再貧嘴試試看。」我不說話，只喝粥。

半晌，蘇家明終於又開口，而且有點扭扭捏捏地說：「大綺啊，反正我都已經說了……自己的心裡話，我對你是怎麼樣的心意，你慢慢就會想明白了。你現在心裡怎麼樣、想著誰，我都懂。我也……說不清自己到底想幹什麼，反正，反正就是……」

我三言兩語道出了蘇家明吞吞吐吐說不出口的話：「反正……我是你的一個想念。你小時候就對我有點意思，後來我走了，也沒跟你說一聲，結果你就一直記掛著。沒想到多年之後遇見，你就繼續著這個想念，結果發現我早一步結婚了，所以你也沒敢做什麼。」蘇家明睜大眼：「你……早就知道了？」我解釋：「剛剛想明白的。都經歷這麼多事了，再想不明白，我這人也白活了。」

蘇家明看著我，濃眉大眼中帶著一點茫然和忐忑，讓人看了小小心疼。他繼續害羞地說：「差不多就是你說的這樣……昨晚你口中喊的全是唐宋的名字，我也明白了。要說我對你已經斷了想念，也沒這麼快，那我……我們以後還是朋友吧。」我點頭：「當朋友是一定的。至於其他的身分，我沒能力給予你。」聞言，他鬆了口氣，接著把碗遞給我：「去，再給朕盛一碗御粥。」我踹他一腳：「瞧你，這下又得意啦！」

正打鬧著，忽然接到楊楊的電話，他要我馬上到他家——把秦麗接走。

這段日子，我自己的煩心事已應顧不暇，再加上媽的制止，我也很少去探望秦麗。因此當趕到楊楊的家看見秦麗的模樣時，我大爲吃驚——秦麗雙頰深陷，皮膚蒼白乾燥，雙眼曾經的靈動全被狂亂所取代。

楊楊沒和父母住在一起，而在一高級社區買了房子，樓高廿四層，陽臺的落地窗開了條縫，冷風鑽隙吹了進來。楊楊家已成一片狼藉，能砸的都砸了個稀巴爛；衣櫃裡所有的衣服全被拖出來用剪刀剪成無數爛布料。不用問也知道，這全是秦麗幹的。

楊楊坐在沙發上抽菸，眼裡全是血絲，頭髮凌亂；看來他們兩人都不好受。見到我和蘇家明，楊楊指指秦麗，道：「你們把她帶走吧。」秦麗呆立在原地，人已經沒了魂魄，只剩一張嘴在張闔著：「我不走，我不走，該走的不是我。」楊楊捂住臉：「你到底要我怎麼做？要怎麼做才肯放過我！」秦麗的軀殼在說話：「我要你跟她分手。」楊楊斬釘截鐵地回答：「不可能。」

秦麗瘋狂地喊著：「你以爲她有多愛你，她不過是因爲得不到我姐夫，所以才同意跟你在一起！她根本就是個腳踏兩條船的爛貨！她是……」秦麗沒能淋漓地罵完，因爲楊楊忽地站起來，看著她，眼裡淨是厭惡和冰冷。

他疲憊地說：「夠了秦麗，眞的夠了。你要什麼東西我都可以給你，我所有的財產都可以給你，只要你放過我們好嗎？」秦麗搖頭：「我不放，你是我的，我們本來都已經訂婚了，你答應要娶我的。」楊楊直勾勾地盯著秦麗：「秦麗，我愛的是她。」

人們對於不愛的人，總是可以輕而易舉地說出殘忍的話。

我走上前去，捂住秦麗的耳朵——我不想再讓自己的妹妹受傷害。我說：「秦麗，我們走，如果你還當我是姐姐，就跟我走。」

秦麗卻像沒聽見似的，繼續對楊楊說：「我知道，你沒有錯，我也沒有錯，錯的是范韻，就是她。如果沒有她，我們一定會好好的，我們就能結婚，對不對？楊楊，我會讓她消失的。你答應我，只要她消失了，你就會回到我身邊對不對？」

楊楊猛地站起身，嘴中的菸丟在地上，燃燒的菸頭燒黑了地毯，焦味和焦黑已經無法抹去。楊楊大吼著：「夠了！秦麗你眞的瘋了，我警告你，不准再傷害范韻，否則我會殺了你！」那聲音還眞大，我感覺自己的皮膚開始縮緊。

楊楊還想警告些什麼，我擋在秦麗的面前冷眼看著他，道：「楊楊，再怎麼說，你和秦麗也交往過好一陣，就算要分開，也沒必要說傷人的話。你放心，我會好好管住秦麗，必定不會耽誤你的幸福。」楊楊煩躁地揉著頭髮，像一頭困獸：「嫂子，我只是……眞的快要被她弄瘋了！」

我試圖平靜地說：「秦麗只是現在有點糊塗，待她清醒過來，必定也會重新找到別人。雖說感情是你情我願之事，但你也不能說自己完全無辜。秦麗成了現在的樣子，一半因爲她本身的性格，一半也因爲你的隱瞞。如今看來，你去意已決，料想誰也攔不住你。我知道人性本賤，越是對你好的，你越不珍惜，但畢竟秦麗待你也是情眞意切——豁出性命替你擋刀，這番情意不求你回報，只求你在分開時對她好言以待。」

說這番話時，我盡量控制住自己的情緒。儘管心裡也清楚，秦麗這樣的瘋狂必定會惹楊楊厭煩，但楊楊臉上的厭惡卻讓我這個旁觀者也心寒——就算是對一個陌路人，也不必冷漠無情至此。

正說著，秦麗卻像忽然看見我一般，猛地抓住我的手，道：「姐，你幫我留住楊楊，你快勸勸他啊！」我看著秦麗，輕聲喊：「秦麗，我們先回去。」

我一邊抓住秦麗的手臂，並示意蘇家明幫我一把。但蘇家明還沒來得及走過來，秦麗就一把推開我，衝到了楊楊面前，歇斯底里地道：「我不走，楊楊你是愛我的，我知道你是愛我的！只要沒有范韻，你就會回來，你等著，我馬上就去讓她消失！」

楊楊剩下的最後耐心被秦麗扯斷了，他猛地將秦麗推倒在地，臉上的表情厭惡至極至扭曲：「秦麗，你是個瘋子。我再說最後一遍，我沒有愛過你，我愛的一直都是范韻，以前，現在，將來都是。」我制止道：「好了，楊楊！」

「讓我說完！」楊楊看著秦麗，繼續一字一句地說：「秦麗，你聽清楚了，我和范韻下個月就要訂婚了，我跟你已經不可能。如果范韻因你而遭到任何傷害，我永遠都會恨你。」說完，楊楊拿起外套，衝了出去。

我上前想扶起秦麗，她卻像在地上生了根似的，彷若泥雕木塑。我跟蘇家明想將她帶走，可是怎麼都拉不動她，只能守著，等她稍微平靜下來。守了一個小時，蘇家明看秦麗的嘴唇都乾裂了，便主動下樓買水買食物。我則繼續守著秦麗，並且打電話給爸，要他們過來幫忙。掛上電話，卻發現秦麗看著我，眼神很溫柔。

我摸摸她的臉頰，觸手全是臉骨：「小麗，我們回家好不好，今晚我們姐妹倆一起睡。」秦麗像剛從一場噩夢中脫離，清醒而虛弱：「姐，我和楊楊已經不可能了，對不對？」我沒有回話，任何的言語都可能帶給她傷害。

秦麗開始慢慢地回憶著：「我第一次遇見楊楊是在聚會上，他很入神地在想著什麼，我看了他一眼，心想，這人還假裝是文藝青年呢。第二次遇見他是在KTV裡，他唱了陳奕迅的〈紅玫瑰〉——『得不到的永遠在騷動，被偏愛的都有恃無恐』；唱得其實不好，還有點走音，可是當他把麥克風遞給我時，我發覺自己的手心有點燙。第三次遇見他是在濱江路邊，我正在散步，發現遠處好像是他的車，也沒多想，直接招手攔下，坐了進去，說：『謝了，下次請你喝咖啡啊。』第四次我硬拉他出來喝咖啡時，就意識到，自己喜歡上他了。

「姐，你知道嗎？我第一次住在這兒的那個晚上，他睡得很熟，我支著手在床邊看他，看他的長睫毛，看他的高鼻子，看他的嘴唇，看他的喉結。當時我多麼希望時間趕緊流逝，希望我們立刻白頭，立刻子孫繞膝，越過中途那些充滿變故的歲月，平安地攜手到老。可惜……總不能如願。」

我安慰她：「秦麗，別想太多了，我們回去好好睡一覺。」秦麗點頭：「姐，你幫我弄一條熱毛巾擦擦臉吧，我不想嚇到爸媽。」

秦麗臉上淚痕斑斑，確實滿嚇人的。我看她似乎開始想通了，便進浴室洗了一條熱毛巾，正在擰水，忽聽見沉悶的「咚」一聲。

我走出去，發現秦麗不見了，連接陽臺的落地窗大開，窗簾被冷風吹得翻滾。

腦袋裡嗡嗡的，我一步步走近陽臺，用力握著欄杆，向下望去——社區的草叢花壇裡，隱隱有個白色，從廿四樓往下望，像落下了一個破碎的布娃娃。

能給你安全感的，終究只有自己

秦麗死了，從廿四樓跳下，自殺。

爸媽外公外婆，一夜老了許多。而自始至終，我都沒落淚，是不是傷到一定程度，連眼淚都是多餘的？

站在廿四樓的陽臺往下看，人的腳會軟，我記得秦麗有懼高症，但她還是跳了，甚至沒有一點猶豫，那需要怎樣的生無可戀才能做到。直到了這一刻，我才明白她所受到的傷害——她用自己的生命，向所有的人證明了這一點。

媽接受不了這個事實，當即暈倒，躺進醫院。爸也瞬間虛弱下來，秦麗的後事由我辦理。告別儀式，除了家人，和幾個與秦麗比較親密的朋友，我誰也沒通知——我希望秦麗死後能得到安靜，不要再有世間的閒言碎語來打擾。

唐宋一直陪在我身邊，我沒有拒絕，此刻的我已經撐到極限，我需要他的支持。我替秦麗選的

墓地旁邊有一棵梨樹，下葬那天，滿樹梨花盛開，雪白潔淨，新的生命，新的開始。墓碑上秦麗的照片，是她十八歲生日時我替她拍的。照片上的她笑顏燦爛，彷若從未遭遇過苦難。我希望秦麗永遠忘記這一切，下一次投胎轉世，她的生命中不會有楊楊，也不會有范韻。

楊楊也來了，但站得遠遠的。此刻的他也失去了魂魄，頭髮雜亂，面容憔悴。

待眾人離開後，我走向他。楊楊遠遠看著秦麗的墓碑，目光呆滯：「我眞的、眞的沒想到會發生這樣的事。」我平靜地說：「不，你想到過的，就在你決定放棄她的那一刻，你內心深處就做出了這個決定。你知道她會受傷，可是你管不了了，你掰開她的手，義無反顧地奔向你所謂的愛情。」我冷冷地道出了實情，然而話音中卻沒有多少恨意，怪誰呢？世事如此，誰都不能怪。

楊楊喃喃道：「眞的對不起。」

我對楊陽提出一個請求：「不關任何人的事。這是孽緣，算是她上輩子欠你的，這輩子她還清了。楊楊，你和秦麗之間的債已經一筆勾銷。她這麼做，就是爲了徹底忘記你，我也希望你能忘記她，自此兩不相欠。未來你會跟誰在一起，是你的自由；你能不能找到自己需要的幸福，也跟她無關。我不恨你，但並不代表我能釋懷，今後請你不要再來看秦麗，也請你不要再跟我，還有我的家人見面，這是我最後的請求。」

這是我跟楊楊的最後一次對話，在那之後，我們遵守了彼此的諾言——楊楊去了加拿大，再也沒有回來過。

媽硬撐著身子，離開病床，參加秦麗的葬禮，待一結束，人又暈了過去。大夥趕緊將她送進醫院，我和唐宋一起守著她。唐宋擔憂地看著我：「你去休息一下，我來守。」我說：「不用了，媽跟我之間還有事情沒解決，我必須要面對。」唐宋問：「我可以爲你做點什麼嗎？」我淺淺地笑，內心一片澄明：「你陪著我，這樣就很好。」

我預料得沒有錯，媽醒來後，一直用陰鷙的目光盯著我。我要唐宋離開，留我跟她單獨相處。她說的第一句話是：「小麗被你害死了，你終於開心了，是不是？」我反問，內心沒有委屈，沒有憤恨，很是平靜：「爲什麼你總認爲我會害秦麗？」媽回道：「因爲你嫉妒小麗。」我繼續問：「我嫉妒她什麼？」「你嫉妒她有我的疼愛，你嫉妒她有個完整的家庭，你嫉妒她有父親！」媽說完後開始喘氣，虛弱的身體承受不了激動的情緒。我平靜地道出實情：「媽，我已經不再是小孩子了，你的疼愛與否對我而言已經沒有那麼重要。」她扭開頭，不看我。

我娓娓道出自己的心路歷程：「很小的時候，我是嫉妒過小麗，但嫉妒完了，慢慢也就明白是自己命中沒有福氣，沒有父母的緣分，漸漸地，也就不再去想了。小麗發生這樣的事情，大家都不好受。我知道你會怪我，因爲如果不是我嫁給唐宋，她可能一輩子都不會遇見楊楊；如果不是我沒有看好她，她可能現在還是好好的。我確實對不起秦麗，我沒有當好姐姐的角色。」媽依舊保持著背對我的姿勢，只是，身體在顫抖。

我問：「媽，我知道你討厭我，無論怎麼做你都不會原諒我，是嗎？」媽深吸口氣，微微顫抖地吐出了一句話：「有，只要你永遠別出現在我面前，我就能原諒你。」多麼簡單啊，我微笑道：「媽，如果這眞是您想要的，我會做到。您好好地保重身體，我不會再煩您了。」我可能永遠也弄不清爲什麼她會這麼恨我，但經過這一連串的事，我已經不太在意了。生命，就是一個由煩雜歸於寂靜的過程。

唐宋帶我回了家，這是我們多日來第一個相偎相依的時刻。

洗完澡，我和他躺在床上，就這樣擁抱著。我依然愛他，就如秦麗至死仍愛著楊楊那般愛他。檯燈投射出柔和的光，我抱著唐宋，把頭埋進他的胸膛，聽著心跳，霎時懂了秦麗所說的「希望時間快速流逝」那段話。

我抱著唐宋，輕輕地訴說著：「我小時候並不喜歡秦麗，她卻總是賴著我，像個小尾巴，我走到哪她跟到哪，甩都甩不掉。有一次，我因爲她被媽罵了，氣不過，恰好她又來纏我，我便把氣出在她身上，把她推倒，害她手肘擦傷，紅了好大一片。她淚眼花花的，也不敢大聲哭，像隻小白兔那樣看著我，小心翼翼地問：『姐，你生我的氣了？』昨晚做夢，我又夢見了這個場景。」

唐宋將我抱得更緊：「都過去了。活著的人，必須要好好地活。」我的睫毛刷在唐宋的胸膛上，一下又一下：「總是這樣，總是要等到事情再也無法挽回，人才會後悔。我多麼想回到那個時候，抱住秦麗，說聲對不起。」唐宋的手拍在我的背上，伴著節奏，像是催眠曲調：「別想了，先睡一會兒，你已經連續好幾天沒有閉眼了。」

柔和的燈光像幻影，讓人感到安全，我開始吐露自己的心事：「唐宋，我不想再後悔了，這輩子我已經做了太多後悔的事情，所以我想在今天把一切都說清楚。你知道嗎，其實我在高中時就喜歡上了你！」終於將這句話說出了口，從未想過這番原以爲會隱瞞一輩子的心事，居然在這種情況下開展在唐宋面前。

唐宋沉默著。我眞眞切切地感受到，他的心在停滯之後，開始劇烈地跳動了起來。

我繼續說著，有些話一旦開口就停不住了：「你從沒注意過我，我卻一直看著你。你往臺上那麼一站，你在樓梯間那麼一拉，你的錢包被我那麼一撿，我的心就那麼丟了。它跟著你，你沒要，它就這樣飄零了好多年，我想收也收不了，它不要別人，就只要你。倘若它能聽話些，我早就解脫了。可是天下這麼大，它單單就要你，我也沒法子。

「相親時，我們遇見了，你不記得我沒有關係，我知道自己終究逃不開，這輩子就是要跟你牽絆；我信命，我認命。你要我嫁給你，我答應；你新婚之夜沒陪我，我不在乎。因爲那時我知足，我覺得只要守著你就開心。但是你對我越來越好，我的慾望就越來越大，甚至開始想和你心中的那段感情對抗。」

唐宋仍舊沉默著，只是，他心中的情感駭浪，我已從他的心跳中讀出。

我打算把所有的事情說出來：「唐宋，其實我並沒有懷孕，那都是我的計謀。看見范韻來，我害怕了，懦弱了，開始不擇手段了。」啊，總算一古腦說了出來，心無一物的感覺果然愜意。

唐宋堵住我的唇：「我知道的，這件事我知道。是我不夠好，我讓你失去安全感。秦綺，我們重新開始好不好？忘掉過去的一切，給我機會，讓我們重新開始。」我沒有回答，只是伸手環過他的頸脖，用唇回應他。

燈光下，衣衫盡褪，我們的胴體呈現在橘色之中，相互纏繞的肢體有著纏綿的情意。這次是我主動，像是要將身體裡最後的熱情全部釋放一般。什麼我都給他，身體、感情、氣息、思想，我什麼都給了他。只要他要，我什麼都給。

激情過後，唐宋熟睡了。我起身穿好衣服，桌上的螢光鬧鐘顯示著凌晨三點。萬籟俱靜，而我卻要出發，是遠行，目的不知。我只拿了外公外婆給的錢，其他東西全都放棄了。如同覆水不可能收回，如同秦麗不可能復活，我和唐宋也無法重新開始。

我離開，不是爲秦麗的死懺悔，不是爲了逃避，只是爲了尋找自己。這麼多年來，我始終陷在一個「情」字中，掙脫不開，從未看過天有多高，地有多廣。秦麗的死讓我清楚明白了許多，她和我是姐妹，我們有著同樣的偏執，再留下來，我會變成第二個她。

世上的別處有著更多精彩，我需要遠行來擺脫自己的偏執，來獲得內心的平靜。會在哪裡歇腳，我不清楚。我說了，生命就是一個由煩雜歸於寂靜的過程。

最後看了一眼熟睡中的唐宋，看著他的舒眉俊眼，看著他枕邊的貝爾果，看著桌上的那紙離婚協議書，我掩上了房門。

深夜的火車站燈光通明，仍舊有不少旅人來往。我買了一張火車票，去了一個第二天一早便能到達的地方。隨著火車的開動，我也閉上了眼睛。燈光在我的臉上流轉，昏暗之中，我似乎看見了小半輩子裡的許多人許多事，吵吵又鬧鬧，最終歸於平靜。翻個身，我睡著了，無夢，甚是安穩。

我離開時是春天，經過的每一處地方都有鮮花盛開。逐漸地，鮮花更豔，結出了果子，刺目的陽光告知我夏季已經來到；逐漸地，冷風襲來，衣物增厚，秋天已經來臨。肩上的雙肩背包開始破舊，腳上的球鞋換了好幾雙。半年過去，而我，仍舊在行走。

還記得女歌手侯湘婷動聽地唱著「秋天別來，秋天別來，我還沒忘了他」這句歌詞，如今秋天來臨，我依舊沒忘記唐宋，也不打算忘記——他給予我的快樂全都是眞實的，我應該珍惜。

離開時，我放棄了手機，每到一處地方，我都會買張明信片寄給外公外婆，告訴他們自己一切安好。偶爾也會找公用電話打給唯一他們，告知自己的近況。唯一在夏天生下了一個女嬰，取名「靜夏」。一個生命的消逝總是伴隨著另一個生命的誕生，這個世界永遠生生不息。

唯一決定當一個未婚媽媽，可是段又宏仍舊神通廣大，知道了這件事，總是千方百計地跑來看孩子。我問唯一：「會原諒他嗎？」唯一在電話中淡淡一笑，說：「在我最需要他的時候，他走了，現在回來還有意義嗎？」

經過這件事之後，唯一成熟了許多，不知不覺間，我們都已長大，只是沒想到成長需要付出的代價竟如此昂貴。唯一告訴我，她現在唯一的希望就是靜夏能夠平安長大。

我說：「靜夏有你這樣愛她的媽媽，很幸福呢。」唯一開始意有所指：「靜夏現在啊，就缺一個舅媽了。」我說：「那你就趕緊替你哥找吧。」唯一乾脆也把話挑明了：「可是我哥心裡就只有一個你。我說大綺，反正你和唐宋也沒戲唱了，不然就嫁給我哥吧，我們家上上下下都喜歡你，你嫁過來我們絕對組團歡迎。」我只能呵呵地傻笑。

唯一開始打柔情牌：「你眞的忍心靜夏沒舅媽啊？」我笑嘻嘻地說：「我不忍心耽誤靜夏他舅舅啊。」唯一恢復正經：「大綺，說句心裡話，你覺得自己跟我哥一點可能性也沒有？」我也恢復了正經：「唯一，我現在是眞的什麼也不想了，只想清靜，那些情情愛愛太吵鬧了。」「好吧好吧，你就當你的尼姑去吧。」唯一說完，氣得掛了電話。

被氣的不只唯一，還有蘇家明同學，他也對我的不告而別氣得要命，在電話裡對我一陣數落，好不容易才消氣。蘇家明問：「你眞的打算這麼當苦行僧過一輩子啊？」我說：「別說得這樣淒慘啊，我這是體驗人生。」蘇家明又開始氣焰高漲：「體驗個屁！好好的日子不過，跑到外面餐風露宿，居無定所的。別人是腳抽筋，你是腦抽筋！」我痛心疾首地批評他：「庸俗！」

蘇家明下了最後通牒：「反正你趕緊給我回來。」我半開玩笑半認眞地道：「家明同學，你啊看到好的對象，就自己嫁了吧，別等姐姐了。」蘇家明沉默了好大一會兒，猛地恨恨道：「多管閒事！」說完就把電話掛了。

沒一會兒工夫就得罪了兩個人，我大綺眞是死而無憾了。

我繼續旅遊。

某天，正在旅館裡睡得迷迷糊糊的，卻被人敲門吵醒。開門一看，頓時驚了——來人，是唯一他哥！

瑋瑋還是那副酷樣，看我一臉惺忪，皺皺眉，命令道：「去刷牙漱口穿衣服。」我也只能照做。打理完畢後，他又拖著我出門吃東西。待塡飽了肚子，我才得空問他：「你是怎麼找到我的？」瑋瑋言簡意賅：「先查你打來的公共電話所在地，再調查你以身分證登記的旅店，就這樣找到了。」

我問：「找我做甚？」瑋瑋藍色的眼眸有冰冷有深情，複雜得很，他開口：「不做什麼，只是想好好地看看你。」我繼續嘴硬：「我眞的沒事。」瑋瑋揭露我：「要是沒事，你就不會拋下一切離開。」我低下頭，半晌道：「瑋瑋，我只是想安靜一下。」瑋瑋點頭：「我懂。」我看著他：「你眞的懂？如果眞的懂，又怎麼會追來？」瑋瑋一派淡靜：「知易行難。我知道你想要安靜，但我管不住自己，還是來了。」他臉上沒什麼表情，但我卻實實在在地感覺到一絲溫暖。

我說：「瑋瑋，我累了。我厭倦了自己過往那小半輩子的爛事，我想出來透透氣。」瑋瑋說：「如果你想休息，我隨時都在等你。」我苦笑道：「別等我了，瑋瑋，我還是忘不了他。」瑋瑋口吻不變：「我說過會等你的，現在時間還沒到。」我誠實地說著：「可是等的結果會如何，你知道嗎？很可能，我最終還是忘不了他，就算我以後眞的跟你在一起，我的心裡還是有個他。這不會是你想看見的結果，而那樣的我也不值得你等待。瑋瑋，我想遠走，可是背負的東西好多好重，你的等待就是其中一樣。」

瑋瑋的承諾是我的溫暖，同時也是我的枷鎖，無論我走了多遠，總是背負著罪惡感，因爲我一直在耽誤他的未來。瑋瑋受到震動，從來一派冷靜無波的面皮撕扯出了破綻，他說：「我從沒想過，自己會給你這樣的壓力。」我接口道：「因爲我在乎你，你是我生命中很重要的存在，所以我才會一直有這樣的壓力。瑋瑋，我跟唯一都愛你，我希望你能先我一步找到幸福。」

那天，我們什麼也沒再談，只是安靜地坐在旅館的院子裡，看庭花開落。

隔天，瑋瑋遞給我一張紙條，說是外婆得知他要來找我，特地託他帶來的。紙條上寫著一個地址，外婆說那是我父親所在的地方。

瑋瑋告訴我：「你外婆說，她知道你父親是你的一個心結，她希望你能自己解開。」拿著那張紙條，我心中五味雜陳，一時間說不出話來。瑋瑋問：「需要我陪你去嗎？」我搖搖頭，微笑：

「不，你有更重要的事情需要去做，還有更重要的人需要去遇到。」想要放開自己，就必須先放開別人，這是我離開這半年所體驗到的——放開瑋瑋，我才能得到精神上的某種自由。

瑋瑋輕聲道：「聽說，他還沒在離婚協議書上簽字。」瑋瑋留下這麼一句話，便拿起行李離開了。我愣了好一會兒才反應過來，那個「他」是指唐宋。低頭苦笑一番，其實一紙婚書又能代表什麼，唐宋和我一樣都被執念纏繞了。

「父親」這個詞語，在我的生命詞典裡是種特別的存在，小時候總想著他會忽然出現，把我從媽媽那裡接走，帶我過嶄新的生活。可是日子一天天過去，我的胸部都眼睜睜從一飛機場長成了性感的小B罩杯，他依然沒蹤沒跡；多次的失望，終於讓我放下了追索的念頭。

但忽然之間，我曾經求而不得的地址就這樣落在手上，那種感覺很複雜，像是由渴望生出了害怕——或許父親並不是我想像中的那樣。是留著一個幻想，還是解開心結？我暫時想不透。幸好最近的心境確實豁達了些，想不透的事情就不去想。我將紙條小心翼翼地放在背包內層口袋裡，繼續毫無目的地前行。

現在的我，身心都輕鬆許多，每天就是行走與拍照，路邊的嫩草、校園裡孩子的嘻笑、家常的食物，走到哪拍到哪，隨心所欲地過生活；大自然給予我溫柔的包裹，讓我的心變得自由。

偶爾也會回憶起過往，那些情情愛愛現在想來無不顯得瑣碎。不只是我，我認識的那群人也都陷在自己的吵鬧情愛之中，無暇顧及周圍的美好；生活於煩雜裡，作繭自縛。

而過去的自己，想來也並非無辜。我偏執得膽小，終於明白以前拚命在唐宋身上找尋安全感的行爲是如何失敗——能給予你安全感的，並不是世間任何一個男子，而是自己。若你是膽怯的，再多的關心也給不了你安全感。其實每個人都有錯，所有的錯夾雜在一起，便鑄成了我的離開。

每到一處廟宇，我都會爲秦麗燒香禱祝，希望她在極樂世界安詳。若有來世，我寧願她是一平凡女子，能得到最平凡的幸福，足矣。經歷了這麼多，終於曉得，平凡才是生命的極致。

畢竟是單身女子，這半年裡再小心謹慎也不免遭遇歹徒。好幾次，我的錢包都被偷走，可是運氣也很好，每次都有人送回，安然無恙。就像這天，結帳離開旅館時，發現錢包不翼而飛，還沒來得及著急，老闆娘便拿出錢包遞給我，說是今早有個男子託她還給我。老闆娘眉飛色舞地描述她從隔壁鄰居聽來的案發過程：「小姐，你這是遇上好心人了，聽說那個小夥子爲了幫你取回這錢包，手臂上還挨了一刀呢。」

原來，昨天我出門拍照時，錢包就被小偷摸去了，竟渾然不覺，兀自回了旅館。結果被一個好心人看見，尾隨小偷而去，經過一番搏鬥，奪回錢包，爭鬥之中還掛了彩。我本想當面感謝那位好心人，可是老闆娘也不知他的去向，只說他放下錢包就走了。既然如此，只能心中感謝了。

我立刻搭乘火車前往下一個陌生之地，本來晚上六點半就該到，結果中途有段路出現小坍方，停了好幾個小時，到達目的地時，已經很晚，天色全黑。這是個小城鎮，火車站在城外，經過的公車路線少，且遲遲不來，在這一站下車的十幾名旅客大多乘坐無牌私營車走了。

我本想再等等公車，忽有一名三十多歲的矮小男人走上前來，說這趟火車是最後一班，看來是沒生意了，他也打算收工，車資可以算便宜點載我回城裡。

這天氣確實冷得人夠嗆，冷風像長了眼睛似的，人的身上哪裡有縫它就往哪兒鑽，我連說話都開始打起哆嗦。再加上時間確實晚了，這荒郊野外的，就我一個人站在這兒苦等也不是辦法，乾脆跟著他上車。

車子立刻發動，看著窗外一排排橘黃路燈流溢而過，忽然記起今年跨年元旦遇襲的那夜，天也是這般黑冷，我坐在唐宋的車上，窗外也是同樣的景色。深秋之夜是最讓人寂寞的，不知那個人此刻在做什麼？

正回憶著，忽然發現有些不對——這車越行駛越偏遠。我皺眉問道：「方向錯了吧？」結果司機不理我，我只能再次大喊「停車」，結果竟像石子投入水中那般毫無反應，詭異得讓人心膽俱寒。這可是天要亡我！居然上了賊車，接下來說不定要出什麼事，想及此，我雙手發抖，滿頭是汗。靜下心來，理清思緒，頓時心生一計——趁他不備，打開車門，猛地將背包丟到車外。背包裡有我所有的財物，他要財，必定會去撿，至少可以拖延一些時間。

果然如我所料，那矮個子司機唾罵一聲，「吱」的一聲剎住了車，我則趁機推開車門往反方向沒命地跑。這裡應該是近郊，沒了路燈，周圍很暗，我沒命地往前跑著，但沒多久便聽見後方傳來車子的聲音，那明晃晃的車頭燈也照得我全身慘涼。

看來大路是不能走了，我直接竄入周圍足有半個人高的草叢，矮著身子而過。剛下過雨，地上全是污泥，又濕又滑，冰冷的髒水灌入鞋子，雙腳都凍僵了。可是爲了活命，我仍不斷地奔跑。周圍也不知是什麼草，特別硬，劃得我臉部生疼。

生死懸於一線的感覺非常糟糕，想到可能遭遇的事情，渾身便開始沒用地顫抖，身體在至深的恐懼威脅下不斷地奔跑。然而跑著跑著，腳下忽然一空，「啪」的一聲摔倒在一個大泥坑中。泥坑約莫一公尺深，邊緣滑膩，再怎麼手腳並用也爬不上來。我急得哭了出來，又不敢出聲，只能用牙齒緊咬住手。

夜越深，風越大，我渾身濕冷，感覺如在地獄——我聽見歹徒停住了車子，也鑽入了草叢，星光下，彷彿能看見他矮小的黑影。就在惶急得心都快被擰出血水之際，不知從何處忽然蹦出一道高挺的黑影，跟那歹徒扭打成一片。

而就在這時，遠方警鈴大作。我懷疑是自己的幻覺，但仔細聆聽之下，發現警鈴聲逐漸靠近。那歹徒也聽見了，一著急，立刻就想甩掉那英雄黑影走人，後來……後來的情況我也不太清楚，由於寒冷，由於恐懼，我在努力地爬上泥坑之後便暈了過去。

醒來時，人在醫院，旁邊有位帥哥警察正等著我做筆錄。他告訴我，那個歹徒跑了，希望我能幫忙畫相貌圖，幫助緝拿。

喝了一碗粥，忽地想起昨晚的英雄黑影，便向警察詢問其下落，結果小帥哥一臉茫然地說沒見過這個人，還說應該是我記憶出了錯。我問：「那你們是怎麼知道我有危險的？」小帥哥仍舊一臉茫然，我都覺得該叫他茫然哥了：「是有人報警。怎麼，不是你報的嗎？」

究竟是誰幫了我，還是查不出來，我只能感謝這個世界好心人多多。雖說沒逮到人，茫然哥他們還是幫我把行李追了回來。第一時間，我查看的不是錢包，而是背包內層口袋中那張寫有父親地址的紙——原來我心中還是在意的。

茫然哥仗著身穿警服，開始教訓起我：「晚上的火車站非常危險，以前就發生過單身女子被殺事件，我說你們這些女孩子，怎麼膽子這麼大？」我只好道出了路上坍方、火車誤點的事。茫然哥好奇：「你到這兒來做什麼？」我說：「生活太無聊，所以到處逛逛啊。」茫然哥搖搖頭，顯然不相信我的話，做出一副歷盡滄桑的表情：「一個女人會出走，肯定是因爲愛情不順利。」我無話可反駁，他說的也不無道理——要是感情順利，我現在應該在家忙著養育兒女吧。

事情處理完畢，沒來得及欣賞此處風景，便立刻搭乘前往另一處地方的火車。不同的是，這次的目的地很明確——我要去尋找父親。這次的事件讓我明白隨時隨地都很可能小命嗚呼，我不希望自己的生命到最後一刻還留有遺憾。

父親所在的地方是個江南小鎮，風景淡雅，因爲交通不便，並未受到太多商業氣息侵蝕。小鎮其實不大，但我還是找了一間旅館住下，洗漱，吃飯，拍照，並未急著去尋，即便知道父親可能就在附近。並非不在意，不過是在刻意拖延。我有太多的害怕，害怕他可能有了新的家庭不便與我相認，害怕他是一風流慣了的人根本不記得以前有個女兒，害怕……他或許已經不在人世。就這樣一直熬到第二天下午，我才起身去尋找。

小鎮中有一條小河淌過，父親就住在河的對岸。越過石橋，穿過青磚烏瓦的房子，我找到了那個地址——是個賣水墨畫的小舖，牆上掛滿水墨字畫，中間有一張書桌，上面擺滿文房四寶，雖質樸，卻是不折不扣的文雅。

看了許久，我轉身，發現一名中年男子從屋裡走出，盯著我好一會兒。外婆給的紙條只有地址，並無姓名，因此無從提問。但看見此人的那一瞬，我就知道是這個人了，神祕的血緣無聲地告訴我——這個人，就是我從未謀面的父親。

男人的年紀很難猜測，他比我想像中年輕許多。他年輕時必定是個很漂亮的男人，步入中年後，漂亮之中添了一股成熟氣息，很迷人。

我看著他，一時不知如何開口。他看了我良久，竟張口問道：「你是小綺？」我心裡一動：「你……知道我？」他的眼睛逐漸被柔情軟化：「你的眼睛，和她一模一樣。」他又問，「你媽媽還好嗎？」我點頭，也不知該說些什麼。他招呼著：「都這麼晚了，今晚就在我這兒吃吧。」說著，便走進屋裡的廚房，開始做起了飯菜。

不多時，菜便做好。小蔥拌豆腐、清蒸鱸魚、金針菇炒雞蛋；時令素炒，清淡可口。飯桌上，他將自己的一切告訴了我——他叫游秋聲，確實是我的父親，我的祖父祖母都是畫院的老師，他自小耳濡目染，也學習了畫畫。

父親這麼問：「你媽媽眞的從沒說過有關我的事情？」我搖頭。他猜測：「她不提，或許是想忘記跟我的這一段吧。」我問他：「當年，你們之間是怎麼開始的？」這是我一生都想弄清楚的問題。父親喝著自家釀的酒，慢慢地回憶著：「一個不諳世事的富家千金，被同學拉著去看了一場畫展，認識了一個意氣風發小有才氣的畫院學生，故事就這樣開始了。」

父親的眼中氤氳起了幻色：「那時，她十九歲，站在桃花樹下，背著手，眼神倨傲又脆弱，讓人忍不住想要靠近。就像注定的那樣，我們相愛了，也像注定的那樣，我們的愛情不被家庭允許。在年輕人的世界裡，什麼也比不上愛情，我和你媽媽私奔了。我在一所中學當美術老師，而你也在那段時間孕育了。那是我人生中最美好的一段日子。」我問：「後來呢？後來發生了什麼？」

父親繼續說道：「你媽媽從小是在富裕環境長大的，忽然之間變得一貧如洗，自然很不習慣。或許是應了那句老話，貧賤夫妻百事哀，我們開始爭吵。說起來很慚愧，做爲一個男人，我沒法提供妻子舒適的生活，實在很沒用。有一天我們又因爲瑣事大吵一架，隔天她便留下紙條，說自己再也受不了這樣貧苦的生活，決定回家接受父母安排的婚姻，並且……要將你打掉。她希望我不要打擾她，說這麼做才是眞正地愛她。雖然痛苦，但我不得不承認這麼做對她來說才是最好的。我一直以爲你已經不在這個世界上，沒想到，最終，你媽媽還是沒放棄你。」

我問：「『綺』這個名字，是你們當時約定好，要幫我取的嗎？」父親回答：「是的，典出『綺羅日減帶，桃李無顏色。思君君未歸，歸來豈相識』，這是你媽媽最喜歡的一首詩。」聞言，我沉默了。

父親眼神悠遠地說：「自從你媽媽離開後，我就開始變得消沉。辭去了教師的工作，環遊各地，遇到了很多人很多事，當然也有過幾段感情，可是心裡還是放不下她，最後都無疾而終。去年我回到了這裡，便決定留下。怎麼也沒想到，有生之年，還能見到自己失而復得的女兒。」

這個夜晚，父親將所有的事情都告訴了我，還說了許多他行走各地時的趣聞。他很擅長表達，身上有一種很強的魅力，能讓人安心傾聽，令人感到愉悅。不知不覺聊到半夜，也該回旅館了，我約定第二天再來看他。

從小舖走出來，深感夜涼如水，整座小鎮都陷入了寧靜的沉睡中。小河波光粼粼，映著冰熒的月色，美不勝收。

我在寒涼的石板路上走著，上了橋，停下腳步，沒回頭，只是輕輕地對後面那個一直跟著自己的人說：「你打算跟多久呢？」熟悉的男聲在背後響起：「取決於你要走多久。」「你最近又無聊了，是吧？」我轉過頭去，正好對上月光下那雙眸子——純潔的月光、邪惡的眼眸，矛盾地融合著。

來人，正是和一。和一問：「你怎麼把自己定位成無聊時的娛樂玩物？」我反駁：「這是你定義的，我是無奈地接受。」和一說：「這麼冷的天氣還站在這兒聊天，萬一冷死了，不知道的人還以爲我們兩個殉情，多沒面子。」和一提議我們回旅館談，我同意了。

「喲，原來你們兩位認識啊？」披著大衣來開門的旅館老闆，看見我跟和一一起回來，表情可開心了，一副看見電視劇裡姦情戲碼的模樣。這才知道，原來和一跟蹤我，也住進了這間旅館，就住在我樓上。

進房間後我直接踹他一腳，狠狠地罵道：「原來昨晚是你在樓上窸窸窣窣地走來走去，吵得我一整夜沒睡好，你這人怎麼這麼沒公德心啊！」和一躲開，往床上一躺，乾脆不起身。

我倒了一杯茶，暖暖手：「跟蹤我多久了？」和一岔開話題：「欸，我說人綺，你到底尋找到什麼人生眞諦了？」我斜覷他一眼：「你管我！」我不理他，抱著熱熱的茶杯窩在椅子上。

和一賣關子：「有什麼想問我的嗎？」我知道他指的是什麼，偏不給他機會：「有，您老人家的攝護腺炎好了沒？」和一用桃花眼瞄我：「你眞的不想知道，范韻跟唐宋怎麼樣了？」我不說話，只喝茶，就是要憋他的話。

和一不敵，還是開口說了：「范韻本來要跟楊楊訂婚，但發生那件事之後，楊楊移居加拿大，她也回英國去了。」聽完，我保持沉默。和一問道：「你是不是覺得，他們兩個的下場不夠慘？」我慢慢喝著杯裡的茶，茶湯下腹，暖暖的，我緩道：「他們的下場再慘，秦麗也不會活過來，所以又有什麼分別？」

和一問：「那唐宋呢，他的情況，你也不想知道？」我反問：「我如果說不想知道，那你還會說嗎？」他篤定回答：「不會！」我發狠道：「那好。我並不想知道有關他的事情，誰再說，誰就沒有小雞雞。」和一笑道：「你記住，是你自己不想聽，跟我無關。」和一的微笑中帶著點神祕，應該是剛剛冷風吹太久，腦子有點抽筋。

我問：「你什麼時候走？」和一反問：「就這麼希望我走？」我實話實說：「是的。」和一沉默了好一會兒，終於道：「大綺，你眞的很壞心。」看這說的是什麼話，我還眞是好心沒好報。我要是眞的壞心腸，就乾脆不給名分又曖昧地拴著他，還需要當起壞人幫他斬斷情絲、揮別過往、努力迎接新戀情嗎？不過，英雄總是孤獨的，我認了，他說我壞心就壞心吧。

我故意皺眉：「你別跟著我了，我想一個人靜一會兒，你別煩我可以嗎？」和一說：「我隔兩天就走。欸，大綺，半年多不見，你就不想我啊？」我冷冰冰地回答：「不想！」和一歎氣：「眞沒良心。」

我下逐客令：「好了，你回自己的房間去，我要睡了。」和一卻將被子一裹，閉眼裝睡：「懶得走，今晚我就睡這裡。」我見招拆招，起身就要出門：「好啊，你睡這裡，我去睡你房間。」

誰知背後咚咚兩道腳步聲，我整個人被一股大力拉到床上，房間裡的燈也隨即被關上。雖說已經簽字離婚，但還是不可以亂搞，當下我立刻反抗，可是他卻張開雙腿壓著我，令我動彈不得。

我急了，直接喊：「和一，你再亂來，我就不客氣了！」和一雖壓制著我，但並沒有進一步的不軌動作：「別急，先等一下！」我看他的眼睛並沒盯著我，而是望向窗外，像在等待著什麼。我問：「你又在玩什麼花樣？」和一勾起嘴角：「不告訴你。」

我正納悶。沒多久，房門被大力敲打，有個嚴肅的聲音道：「開門！我們是警察！」這和一還眞是個倒楣的孩子，每次遇見他都會出事。我推開和一，開燈開門，走進來兩個警察，出示證件後說：「小姐，有人通報說看見這裡有逃犯，請你們兩位拿出身分證。」

出門在外，哪能不帶身分證，我立刻拿了出來屁顚屁顚地交給警察叔叔。但和一翻遍了他的錢包，卻找不到——嫌疑有點大啊！和一解釋，說自己確實帶了，只是暫時遺失，還說自己是個奉公守法尊老愛幼愛鄉愛國的好公民，而且他的身分我也可以證實。

聽了這番話，警察叔叔轉頭問我是否認識和一。我搖頭，說自己和他根本就是萍水相逢，他是來我房間借卸妝油的；這下子，和一同學的嫌疑更大了。警察叔叔絕不放過任何壞人，決定帶走和一好好調查。

臨走時，和一同學回頭，輕幽幽地看著我道：「你們眞毒。」我不解：「我們？總共就一個我，哪裡來的們？」

最後調查出，和一果然是個純良的公民，他被放了回來。但因爲在警局待了一夜，身子骨承受不住，昏睡了一整天。

我不想管和一，自己再次去了父親那裡。他替我做了早飯，照舊是清淡口味，兩人又閒聊了大半個上午。

近中午時，忽有一中年人到訪，手裡提著一包中藥，輕車熟路地走進來遞給父親，說：「老游啊，這藥是新配的，你吃吃看。對了，身體有沒有好點？」父親接過，道了謝，接著淡淡道：「反正就那樣吧。」那中年人皺眉道：「你這病啊，拖不得，再這樣下去，可就……」

父親拿眼神制止了中年人接下來的話，然後指著我介紹道：「這是我女兒小綺，這是我的好朋友，叫他陳叔叔好了。」陳叔笑道：「喲，你什麼時候鑽出一個女兒來？不過，這五官長得確實像你，老游，有福氣啊。」

我們三個人一塊兒吃了午飯。席間，陳叔好幾次想提父親的病，但父親都以各種話題岔過。飯後，陳叔告辭，我送他出去，便尋機問父親究竟生了什麼病，結果他說出了「尿毒症」三個字。

陳叔搖頭歎息：「哎，已經不能再拖了，必須換腎，否則沒多少日子好活了，可是這病又把他的老底都用光了。」我問：「一共需要多少錢？」陳叔皺眉道：「現在的腎源很少，若要透過其他途徑，起碼也要廿多萬，再加上手術費等等，至少需要三十多萬吧。秦小姐，你要是有辦法，一定要幫幫你爸，畢竟這是你爸的命啊。」我告訴他：「嗯，我明白。」

Epilogue

我心依舊，逃不開那抹溫潤的白

當天下午，我搭車到附近大城鎮的銀行領錢，直接交給父親五十萬，我存款的一半。

父親問：「你這是幹什麼？」我說：「你的病，陳叔跟我說了。」父親赧顏：「哎，做爸爸的從來沒養育過你，居然反過來要女兒拿錢給我，眞是……」我說：「你是我爸。我們好不容易才相聚，我不希望你離開我。」

父親移開眼睛，歎口氣：「怕就怕，我這身體自己做不得主啊。」我說：「我以後一定會好好地照顧你。」父親微笑：「我知道，你孝順。」我看著他的眼睛，輕聲而堅定地重複著：「爸，我一定會照顧你的，只要你留在我身邊。」他垂下頭，片刻，抬起來，英俊的臉上滿是微笑：「餓了吧，來，我替你做飯。」

回到旅館後，洗了熱水澡，早早便躺上了床。但和一像牛皮糖似的黏著我，沒一會兒就來敲門了。我問：「警察局怎麼樣啊？」和一反擊：「下次我把你帶進去，親自體驗一下吧。」我偷笑，和一這狐狸鮮少被整，這次實在大快人心。

和一問：「你下午領那麼多錢，做什麼？」這傢伙居然連睡著了還對我的行蹤這麼了解，仔細想想，這後頭還真有點涼。我說：「領錢給我爸。」和一短促地笑了一聲：「才相認沒多久，就找你要錢？」我笑笑，沒說話。

和一在我床邊坐下：「大綺，我知道你好不容易才見到你父親，但也別高興過了頭。他到底是個什麼樣的人，你了解清楚了嗎？」我答：「他是我父親，這樣還不夠嗎？」和一的話像是提醒：「你要記住，父母都不是完美的。」我說：「我當然知道，我身上這麼多的缺點都源自於他們。」和一還想說些什麼，但頓了頓，沒再開口。

我問：「你打算什麼時候走？」和一挑起眉毛：「放心，我不會耽誤你。」我說：「我是怕我耽誤你。」和一的眉梢眼角浮上華麗的自嘲：「大綺，經過這半年的出走，你的記憶怎麼有點缺失啊，你忘了，我也不是什麼好東西了！面對大好青年才能說耽誤，面對我這種惡貫滿盈的人，你這麼說，旁人肯定笑破大牙。」

我評價：「和一，其實你是個很壞的好人。」和一反問：「省略中間的形容詞，意思就是『我是個好人』，你們女人拒絕男人時，能不能換點新鮮的詞？」我說：「暫時想不到。」

和一起身，準備離開：「好了，你睡吧。」我稍稍睜大了眼，對他如此自覺自制感到詫異：

「和一，你眞的變好了！」和一解釋，臉上還帶點神祕的微笑：「我只是不想再被抓到警察局了。」我曉得他有祕密，可是沒什麼精力追究，該來的總會來的。

我躺下，慢慢地、安心地睡著了。

第二天一早起床，沒到父親那兒，而是直接在旅館吃早餐。和一看見我，挑挑眉，表示驚訝：「怎麼沒去陪你爸吃飯？」「等會兒去。」我邀他一塊兒吃早餐，豆漿油條，還滿美味的。

吃完早餐，我起身出門。穿過石橋，越過青磚烏瓦的房子，來到父親的小店舖前，卻沒走進去，因爲——大門緊閉，我走不進去。那扇門一直關閉著，再沒開過。我坐在門前布滿青苔的石階上，直到夕陽西下才放棄。

想起身，一雙腿卻因被凍僵而不聽使喚，正焦急著，有雙手伸了出來扶起我。和一扶著我，眼底帶點類似憐憫的東西：「你不該相信他的。大綺，我調查過了，他跟同夥昨天連夜帶著錢跑了。」

和一告訴我，游秋聲確實是我的父親，但也是個騙子。他英俊的面容、出色的談吐讓人很輕易地相信他，他在許多地方都有案底。他根本就沒有病，而那個姓陳的也不過是他的同夥，所有的一切都是爲我演的一場戲。

和一問：「需要報警嗎？」我搖搖頭。和一盯了我好一會兒，忽然問：「大綺，你是不是打從一開始就知道他是騙子？」望著面前清澈的河水，我沉默了。和一恍悟：「原來你知道。」我沉默依舊。是的，演戲的不只是他們，還有我。

我太了解媽的性格了，她很固執，就算犯了錯，也會錯到底，不會中途退縮。而依照她的個性，只有他負了她，她才會如此含恨；因此我知道，他在撒謊。一開始以爲他是怕我恨他，直到陳叔出現，向我提出要錢，才明白原來一切不過是騙局。我給過父親機會，說會好好地照顧他，但他還是走了。在他心中，感情是不值的。

故事並不難想像。廿多年前，父親騙光了母親所有的錢，只留給她一個大起來的肚子，就此離去。高傲的母親，遭遇如此的狼狽，全副生命無異遭到摧毀。可是她還是愛他，就像我愛唐宋，就像秦麗愛楊楊那般地愛他。她留下了我，替我取了他們曾經約定的名字——「綺羅日減帶，桃李無顏色。思君君未歸，歸來豈相識。」要有多愛，才會如此念念不忘；要有多恨，才會對我這樣。終於明白，所有的愛、所有的恨，都是有原因的。

和一皺眉：「大綺，出個聲，讓我知道你沒事。」我想，要是再不答話，他會把我捉進醫院裡去，於是我開口道：「我沒事，和一，眞的。」和一定定地看著我：「我不信。」我說出了眞實的想法：「是眞的。難過一定會有，失望也一定少不了。可是這讓我看開了許多事情，我媽對我做的那些事情，我都找到了原因。意思不是再也不怨她，但至少，我可以開始理解她。而他，無論如何，他給予了我生命，讓我遇見了很多人，那些錢，他要就拿去好了。」

和一問：「遇見我，也是讓你覺得值得感激的事？」我笑著說：「當然。你們所有的人，都是我很慶幸遇見的。和一，你在我心中，比你自己想像的要重要許多。」和一忽然苦笑：「但，卻不是我想要的那種慶幸。大綺，這半年來你眞的變了很多，也看開很多。原本的你，像個纏著複雜感情線的孩子，你看不清，我也看不清，所以會有期望。而現在，所有的感情都已經理順，我也終於看清你我之間那條感情線，只可惜……實在太乾淨了。」

我看著他，喊了他的名字：「和——一——」不用多說，這兩個字所包含的意義，我們都明白。和一將我擁進懷中，輕輕在我耳畔說了一句話：「現在，才是我該離開的時候。大綺，你永遠不知道我有多愛你。」

和一離開了，說不難過，未免太虛假，畢竟他在我生命中是這樣一個不可磨滅的存在。世上再沒有一個男人像他，對我的感情能如此詭麗如火。他像煙火，爲我的人生劃下一道最獨特的影子。

父親沒有回來，而我也沒有等待，直接前往下一個地方。

這次我去的是一處小山村，地處偏遠，加起來不到百戶人家。以前工作的單位曾舉辦過一次活動，鼓勵教師到此支援教學，我也來住過幾天。

山頂有間百廢待舉的小學，只有一位老校長和另一名教師承擔起全部的教學管理工作。校長還記得我，我跟他說，自己打算在這裡義務幫忙，教一段時間的書。他很高興，立刻替我收拾屋子，安排我住下。旅途太長，我需要停留，這裡就是我歇腳的地方。

休息半日，當天下午便開始上課。

我擔任全校六個年級的國文教師，教孩子們讀書認字，樂在其中。每個孩子都很認真，看著他們稚嫩的臉、純淨的眸子，我感覺像看見了西藏的天。村民們也很熱情，經常帶獵來的野兔子、野雞一類的給我——一嘗，美味香死人。

我將自己所剩的積蓄全拿了出來，在另一處稍平整的地方修建新教室。學生們開心極了，每天都要跑去建築工地看看，扳著手指算，還有多久才能進去讀書。說真的，這裡偏僻得連快遞包裹都收不到，可是這裡的人都很純樸，他們的要求很簡單，簡單到簡陋，卻很幸福。也許人就是這樣，得到的越多，反而想要的越多，因此快樂越少。

可是住在這兒有個大麻煩，婦女們對我的人生大事非常關心，得知我單身後，天天都替我介紹對象，什麼村子口小販賣部的國勝啊，村長家的大兒子志強啊。看人家那些小夥子純潔害羞的模樣就知道從沒談過戀愛，我一結過婚的婦女可不想跟村裡的女孩子們爭奪資源，便告訴熱心的大嬸們，說我是寡婦，丈夫剛死，需守喪三年。大嬸們一臉同情，就此不再做媒，我也樂得清靜。

就這樣，我在山區充實平靜地住了好幾個月，前所未有的寧靜完美——只是，我仍覺得有些小異樣。所謂的小異樣就是，學生們總三不五時地遞給我一些以前喜歡吃的零食，還有愛看的書。問他們這些都從哪裡得來的，都說是住城裡的遠房親戚送的，口徑還真一致！還有更奇怪的，這群孩子有事沒事就聚在一起悄聲議論著什麼，一見我湊近立刻散開，活像我是虎姑婆似的。

由於擔任學校裡每個年級的國文老師，教務頗為繁重，時間一晃而過，轉眼就到了我的生日。這天，接到了唯一的電話，她先向我道聲「生日快樂」，然後說禮物在她那兒，要就必須回去拿。我說好啊，你先替我保管吧。此舉氣得她哇哇大叫。後來她又使出懷柔政策，把話筒放在靜夏的嘴邊，聽著小孩咿咿呀呀的童音，我的眼睛有點瘦澀。

唯一勸著：「回來吧，靜夏還都沒見過你這個阿姨呢。」我說：「總有一天會回來的。」唯一終於放棄，道：「大綺啊大綺，你眞是倔得像頭牛。」我哈哈地為她補了下一句：「難怪一生孤苦。」唯一迷信，忙道：「呸呸呸，生日別說這種不吉利的話。」

我問：「段又宏還纏著你嗎？」唯一輕哼了一聲：「嗯。」我問：「唯一，我問你一句話，你老實回答我——這些日子，你眞覺得他改了嗎？」唯一沉默許久才道：「大綺，我捨不得他，但也不能原諒那時他想放棄靜夏。」我歎口氣，勸道：「心裡還是有根刺，對嗎？唯一，現實中的婚姻與感情都是有缺陷的，沒有所謂的完美。有時候，你原諒別人，卻能成全自己的碧海藍天。」聽筒那端久久沒有回話，只聞小靜夏的牙牙學語，正想掛電話，唯一卻忽然碎唸道：「你自己還不是對唐宋看不開，還勸我！」我說：「我哪裡看不開了，我不是放他自由了嗎？」

唯一猶豫了一會兒，終於道：「大綺，有件事我一直沒跟你說——唐宋失蹤了，你離開後沒多久，他就失蹤了。」我只回她一個字：「噢。」唯一不相信：「你眞的不擔心？」我輕描淡寫：「他這麼大一個人了，有什麼好擔心的？」唯一輕聲道：「大綺，接下來的話，要是以前我是肯定不會這麼對你說的，但我實在不忍心看你繼續漂泊。我說，你就順唐宋的意吧，就像你說的，原諒他，成全你自己的碧海藍天。大綺，你離開了這麼久，我終於省悟，只有他才能給予你安定。」我笑著掛了電話：「管好你自己吧。」

放學後，學生送來一個小生日蛋糕，上面放著一顆草莓，鮮豔欲滴。我掏出床底下的梅酒，一口蛋糕一口酒喝了起來。酒精濃度滿高的，再加上喝了不少，到最後居然有點醉了。如今，我一醉就會想起秦麗，想著想著，心裡就開始難過。這會兒實在承受不住了，便起身到外面走走，吹吹風，散散酒氣。

出門時天色已有點黑，我搖搖晃晃地走在山坡上，感覺腳上像踩了棉花，眼前的景物也在左右搖晃。忽然腳下一滑，整個人竟朝斜坡衝下去。千鈞一髮之際，有雙大手拉住我，死命地拽上了平地。天旋地轉之間，我聞到了那個熟悉的味道——清新的美國梧桐和詭祕的白麝香，獨特的氣味，只有那個人身上才有的氣息。瞬間，時光倒轉，我又回到了那處花園邊，那個有著頎長身影英俊面龐的男人抱著我，要我嫁給他。

我推開他，蹲在地上，趁著酒意，哭得酣暢淋漓。我從未在他面前如此失態，我從來都是個沉靜端莊的妻子，就連耍小性子也提心吊膽，生怕惹他厭煩。但現在我已經不是他的妻子，我是個女人，一個有著七情六慾的女人，我的七情六慾在相互衝撞著。

「唐宋，爲什麼總在我放手時，你才會握著我的手？」——也不知道自己哭了多久，哭到最後還岔了氣，這麼一攪，酒意越發上湧，失去了最後的記憶。

醒來時，發現自己在暫住的學校宿舍床上躺著，旁邊的椅子上坐著唐宋，不知看了我多久。雖說曾經是夫妻，但也大半年沒見了，男女授受不是很親。我趕緊起身，卻發現自己昨天的衣服已經褪下，身上只著睡衣；更那個的是，睡衣裡面居然空蕩蕩的——不用說，是唐宋幫我換的；更不用說，該看的不該看的，他都看了。

正在思考這算不算流氓行爲時，他開口了，問我餓不餓。肚子裡空蕩蕩的，確實有點餓，我點點頭，看著他將一碗熱粥遞到床上給我。喝下之後，身體開始暖和，我恢復了平靜。昨晚的醉酒發瘋不過是感情的宣洩，洩完了，我又成了平日的大綺。

我明知故問地問：「你在跟蹤我？」唐宋反問：「如果我說是，你會怎麼做？」我實話實說：「我會……請你回去。」唐宋點點頭說「噢」，再沒多說什麼，拿起桌上我喝完粥的碗，走出了房間。隔沒幾分鐘，又返回原位坐下，清清嗓子，道：「我沒跟蹤你，所以你不能請我回去。」我腦子有點暈，只不過大半年沒見，這個人怎麼學會撒謊了！

我這邊還在頭暈，唐宋又開口了：「你中午想吃什麼，我去做。」我下了逐客令：「不用了，趁天還沒黑，你趕緊回城裡去吧。山路不好走，要不要我幫你收拾東西？別跟我客氣，再怎麼說我們曾經都是同一戶口上的人。」唐宋開始跟我耍起太極：「就是！山路確實不太好走，所以我打算在這裡住一段時間，等他們把公路修好再走。還有，我們現在也還是同一戶口上的兩個人。」

我沉默，開始懷疑要不要請村子裡的張半仙來替唐宋看看，這孩子一定是撞邪了。撞邪的唐宋站起身，開始往外面走：「你先起來梳洗一下吧，我去找點吃的。」

等他一走，我趕緊起來梳洗穿衣。出大門一看，發現昨天穿的衣服都已經洗乾淨，在院子裡曬著，包括內衣和內褲；不用說，是唐宋所爲。迎著陽光，我想，唐宋變了，變得重口味了。

沒一會兒，唐宋提著幾包食材回來了，這裡沒有菜市場，應該是向農家買的。買回來後，也沒稍歇，直接進廚房開始咚咚咚地做起飯來。我站在門口，反而有點窘，好像自己是客人一樣。沒事做，乾脆拿出學生的作業批改起來，批改到一半，飯菜就好了。走過去一看，口水有點管不住——魚香肉絲、脆皮魚、嗆炒青菜、水煮肉片，全是我愛吃的。

跟誰鬥氣也不能跟自己的胃鬥氣，我坐下，沒在客氣，拿起筷子吃了起來。爲了不直視唐宋，我是低頭吃的，可是吃著吃著感覺頭皮癢癢的，抬頭，正好看見唐宋正柔柔地看著我。我問：「爲什麼一直盯著我看？」唐宋笑笑，不說話。我的問話像打在一團棉花上，得不到什麼回應，還眞沒趣，只能繼續吃飯。

吃完，照舊是唐宋去洗碗，我開始專心致志地寫教案，決定不再理會他。但唐宋卻是一個很能靜得下來的人，他拿出一本書，坐在我身邊，一言不發地陪著我。說實話，我心裡很煩躁，想說他打擾我，可是人家安靜得差點連呼吸都省略了；說他沒打擾我，可是這人老盯著我看，弄得我毛骨悚然，實在不是滋味。到最後，我坐不住了，披上外套，到外面逛逛。

走在鄉間小路上，周圍全是麥田，景色眞不賴，如果背後沒有那悄無聲息跟著我的唐宋，我會更開心。話話雖然提倡艱苦樸素，但我嘴饞，每天都會走去村子裡的小販賣部買點零食。販賣部旁邊有個空屋，裡面擺著兩桌麻將，每天下午都會有人發揚國粹，風雨無阻。今天一路走來，這些人見我背後跟著唐宋，個個都張大了嘴。

呆了好半天，販賣部的小老闆國勝指著唐宋道：「唐哥，你怎麼……怎麼暴露了自己啊！」周圍的村民也紛紛附和。我尋思一下，聽這意思，似乎大夥都知道唐宋的存在，都在幫著他瞞我。唉，看看我這人緣，眞夠差的。

買了零食，正想回家，村裡幾個熱心的大媽大嬸立刻拉住我，苦口婆心婆心苦口地勸了好半天，大意是——秦老師啊，你就別再生唐先生的氣了，夫妻床頭吵架床尾和，哪裡有隔夜仇。人家唐先生都追你追到這兒了，怕你不肯原諒，還躲起來躲了這麼久，他也很難爲啊！聽我們的勸，你就跟他和好吧。要不然，就是不給我們面子。

喲，唐宋這孩子，大半年沒見，也學會了裝可憐這一招。居然收買人心，還把原不原諒他這件事，拉抬到給不給大媽大嬸面子這上頭來。這招眞夠腹黑。我打哈哈地躲開大媽大嬸以及其他村民的圍剿，好不容易才逃回自家。唐宋隨後也跟來了，我轉頭，開始瞪他，眼神怨毒。

可是人家不爲所動，直接無視我的眼神，直接走進了我房間。稀里嘩啦一陣，沒多久，將我床上的被單床單換了下來，拿到院子去洗。我這裡沒有洗衣機，只有最傳統的洗衣板，唐宋開始就著搓衣板替我洗被單床單。

我皺眉，直接喊：「唐宋，你一個大少爺幹嘛來這山裡替我洗床單，吃飽太撐嗎？」話說得很不客氣，想激走他。不料，唐宋卻軟軟地接招：「嗯，中午的確吃得滿飽的。」被他這麼一說，我也吵不起來了，只能將一肚子氣憋在心裡，沒處發。洗完衣服，唐宋又開始打掃房子，將我暫住的這間舊房子裡裡外外打掃得煥然一新，簡直就是模範傭人上身。

晚飯照舊是他做的，吃完後，他收碗筷時卻一改早先的乾淨俐落，慢吞吞地弄了一個多小時。「該不會是想賴在這兒吧？」——待我反應過來時，天已經黑了，我趕緊趕人。但唐宋卻怎麼也不肯離開，說天黑，自己一個人走會害怕。我說我送你總可以吧，他還是搖頭，說兩個人也不安全。

我問：「這房子裡就只有一張床，難道你想跟我一起睡？」「既然你都邀請了，那好啊，來吧。」唐宋一臉正人君子地點點頭說道，一臉正人君子地跑到床邊，一臉正人君子咻地跳上去，一臉正人君子地躺平，還一臉正人君子地邀請著。

我一陣手癢，癢到想去廚房拿出菜刀來。我雙手環抱胸前，看著他，瞇眼問道：「你現在在做什麼？」唐宋回答得非常淡定：「幫你暖床。」我告誡自己要冷靜冷靜再冷靜，以免一個激動鬧出人命。只見唐宋掀開被子，一邊以非常純潔的口吻說道：「別客氣，上來吧。」

我也不想再跟他客氣，直接走上前去拽住他的手臂，想把他拉起來拖出門外。但他一個虛晃，躲過我的襲擊，還退後到牆角，輕笑道：「夫人，你可不要亂來。」我怒了，也顧不得形象，直接跳上床扯住他的衣服，皺眉道：「我一不是你夫人，二沒亂來，三就是今天你絕對不能睡在我床上。」「那我睡床下，總可以吧。」他說著，也不等我反應，趕緊下了床，從櫃子裡拿出一條薄被單鋪在地上，就這樣睡下。

看樣子，除非這房子被火燒，否則他是不會走的。我服輸，當即也關燈睡下。雖然並非寒冬深秋，但每到夜晚山上的氣溫總是驟降，必須蓋棉被，唐宋躺在冰冷的地板上，必定寒意刺骨。但，這是他自找的，我閉眼不想管。睡了大半個小時，躺在地上的唐宋開始不斷打噴嚏。「就是打出內臟來也不關我的事。」——我這麼告訴自己，繼續裝睡。

噴嚏打了好幾分鐘，忽然靜止，我鬆口氣，悄悄睜開眼，差點沒被嚇死——唐宋居然抱著薄被單站在我床前，直愣愣地瞅著我。這黑燈瞎火的，忽然睜眼，發現床前有個人這麼盯著自己，活人也會被嚇成死人啊！

我坐起身子，怒視著他：「你在幹嘛！」唐宋的語氣有點小無辜：「我冷。」我繼續怒視：「冷就自己回家啊！」唐宋堅持：「不要，我要守著你。」我還是怒：「你守著我做什麼？」唐宋的聲音忽然變柔，柔中帶著一絲酸澀：「我擔心……擔心你又趁我睡著時走掉，我怕我……再也找不到你。」如果說世界上有誰能讓我頓時淚流，那個人一定是唐宋。我胸中湧起一股難言的情緒，按捺許久才得以疏散。我撇過頭，輕聲道：「唐宋，我該走，就必須得走。」

唐宋還想說什麼，卻被一個噴嚏打斷，我發現他全身凍得顫抖。唐宋外表雖文雅，卻比誰都固執。我深知他今晚絕不會離開，沒法子，只好讓步。我跑到廚房拿了一把菜刀，直接插在床中央，對唐宋道：「上來吧，但只是讓一個地方給你睡，要是你有什麼逾矩的舉動，不要怪我心狠手辣。」話沒說完，唐宋便跳上床，安安穩穩地睡下。

我閉上雙眼，但想立刻睡著是不可能的，我想，身邊的唐宋也一樣。

黑暗中，時間過得非常漫長，像過了一個世紀。我開口喊了身邊人的名字：「唐宋。」黑暗中，他立即回應了我：「我在這裡。」

我問：「我在路上好幾次丟了錢包，都是你幫我找回來的，是嗎？」唐宋沒有回答。我說：「別想否認，我看見了你手臂上的傷。那旅店老闆娘說，幫我找回錢包的好心人跟小偷搏鬥時，手臂掛了彩。」唐宋還是沉默。停頓了一會兒，我又開口，但此時已不再用疑問句：「還有在火車站那一次，我遇到匪徒，差點出事，也是你挺身而出，幫我脫離險境。」唐宋仍舊沒有說話。最後，我輕聲地說：「這一路上你都跟著我，暗中照顧我，眞的很感謝。」

唐宋開口了：「保護你，是我應該做的。」我突然一陣小激動：「唐宋，你是不是覺得虧欠我，眞的別這麼想。就連楊楊，我也從不覺得他虧欠秦麗，更何況是你。感情之間，眞的無所謂虧欠，你何必折磨自己？」被單下，唐宋忽然握住我的手：「我跟著你，確實是爲了彌補，但不是爲了彌補對你的虧欠。」我問：「那是爲什麼？」

唐宋緩聲道：「爲了彌補對我自己的虧欠，爲了彌補『由於我的疏忽與大意，讓原本該得到的幸福卻出走了的』那份虧欠。」我意有所指地說：「或許，那些幸福本來就不是你需要的，只是它走了，你心裡空了，這才覺得它珍貴。但實際上，你的幸福另有所在。」唐宋也意有所指：「經過了這麼久，如果我還連這些都分不清，那我也不值得你曾經愛過。」

見我久久不說話，唐宋輕聲問著：「夫人，我們能開誠布公地談一次嗎？」我拒絕：「別談了，該懂的，都懂了。」唐宋問：「如果我說，打從楊楊生日那天在顏色坊走道上握著你的手那一刻起，我就決定一輩子把你當成生命中最重要的女人看待，這份心意從未改變，你相信嗎？」

我窒住了呼吸，那股難言的情緒再度湧上心頭。「唐宋生命中最重要的女人」這個稱號，曾經一直是我夢寐以求的。我放棄了自己的青春年華，放棄了所有可能得到的幸福，放棄了做爲女人的自尊，只想得到這個稱號。最後的最後，當我放棄追索這個稱號時，它卻又從天而降，放在我面前，然後問我相不相信它一直都戴在我頭上，只是我一直沒發覺。這份心情眞是難以言喻。

我看著黑暗中的虛無，輕聲道：「我信與不信，又有什麼用呢？唐宋，好多事情都已經變了。」唐宋說：「人和事，時時刻刻都在改變，任何結局都可能發生。」我說：「唐宋，我離開，是想找到一個眞正的自己。在還沒找到之前，我不會做出任何決定。」

唐宋說：「我並沒有逼你做出任何決定，我只是請你允許我在你身邊。」我說：「有你的打擾，我會失去自由，我會看不清許多東西。」唐宋接著說：「如果我對你的打擾這麼大，那麼你走到哪裡都將會被我打擾。」聞言，我頓住，好半天才吃力地道：「唐宋，我愛你，並不是我的錯，不要利用這點來欺負我。」唐宋將我的手握得更緊，我甚至聽見了骨頭的輕響：「秦綺，我要你知道，我並不是要欺負你，只是不希望我們錯過彼此。」

我翻個身，看著他：「什麼是錯過？你是想說——你不愛我時，我愛你；而你愛我時，我不愛你了。這就是錯過，對嗎？」唐宋說：「錯過，就是我們彼此都愛對方，卻不說出來，遺憾終身。」我說：「也或許，會造就四個人的幸福……」唐宋渾身緊繃，像在等待審判一般：「秦綺，請你原諒我，不要再推開我。」

我將手指從他的掌中慢慢掙脫開來，閉上眼，再不發一語。我累了。過去的，未來的，付出的，得到的，都讓我累了，我給不了他任何承諾。我只能熟睡。

第二天醒來，我就知道自己的寧靜好日子過完了——一打開大門，就看見院子的矮牆上攀了好多來看熱鬧的村民；身強力壯的不說，就連老弱病殘的都趕來湊熱鬧了。看著一大片黑壓壓的圍觀群眾，我霎時對這堵看似脆弱老朽、卻無比堅固的圍牆膜拜萬分。

見我開門，大夥臉上無不露出一種欣慰的表情——有個缺牙的大娘甚至拄著拐杖顫巍巍地道：「秦老師呀，昨晚你跟唐先生睡得還舒坦吧！」我那僵硬的臉殼硬生生擠出了一絲微笑，隨後一步步地退回屋子，對唐宋道：「都是你惹出來的，自己搞定！」唐宋順從得很，現在的他就像一隻小白兔，外表好純潔，姿態好溫順；但說實話，就連我也沒把握探出他的深淺。

唐宋也不知使出了什麼法子，沒一會兒，眾人全都散去。我也不想多問，直接到學校上課。中午時分，唐宋端了飯盒來給我；當然，也有校長和另一位老師的份。俗話說，吃人嘴軟，校長他們吃完飯後，便開始在我耳邊不停地說唐宋的好話。

在學校要聽校長他們的勸，在路上要聽村民的勸；回家後，唐宋又怎麼也不肯離開，還好我英明，買了一條新棉被，硬逼他睡地板。從此，每每唐宋抱著被子睡地板時，都會露出小哀怨的眼神，還真讓我有那麼點不好意思；可是轉念一想，明明是他自己厚著臉皮要睡我這兒，關我啥事？

我還慢慢發現，唐宋的絕招是裝可憐。每次惹了我，還沒等我發火，他就立刻變成一隻小白兔，百般委屈，千般隱忍，就差哭紅雙眼，總弄得我於心不忍，只好忍下氣；這不忍還好，一忍他立刻得寸進尺。如此這般的惡性循環，導致他直接住進了我的房子，而村民對他的稱呼也從「唐先生」變成了「秦老師的那口子」，每每聽見這稱呼就讓我背脊發涼。

就這樣，日子一晃，又過了好幾個月，轉眼夏天要到了。

我跟校長談定，我只上課上到這學期結束，但已經幫忙聯絡了幾位支援教學老師，因此之後不用擔心學生沒有老師。

我決定繼續遠行，並且要避開唐宋。但唐宋可不是省油的燈，還沒等我有所動靜他就先知道了。這天晚上我正在寫教案，他將一碗紅油抄手放在我面前。雖說我完全明白這是敵人的糖衣炮彈，可是經不住食物的誘惑，依舊開動筷子，吃了起來。

紅油香辣，餛飩皮入口即化，肉餡內放著碎藕，清甜細膩。我吃得正開心，唐宋忽然道：「你要走了，是嗎？」我否認：「我走去哪兒？」唐宋繼續問：「因為我在這裡，所以你才想走，是嗎？」我放下筷子，反問道：「如果我回答『是』，那你會不會離開，還給我清靜？」唐宋不說話了。我歎口氣，道：「既然如此，那你又為什麼要問？唐宋，我最害怕的事情就是希望落空，所以不要光是給別人希望。」唐宋還是沉默。

話說完，他端了空碗去洗，我趁著空檔跑去沖了個涼。回來時，發現他正在替我弄蚊帳、鋪床，他自己則手臂、頸脖上小紅腫包肆虐——夏天到了，蚊子特別多，再多滅蚊利器也沒用，還是傳統的蚊帳管用。但唐宋這些日子以來都打地鋪睡，自然被蚊子叮得滿身包。

我勸道：「回去睡吧，地上沒蚊帳，我可不希望明早醒來你的血被吸乾。」「沒事的，我不怕蚊子。」唐宋雖這麼說，卻又露出那種小白兔眼神瞅著我。我命令：「今晚你必須回去。」唐宋還是嘴硬：「我真的沒事。」我說：「你必須回去。」我是真的不希望唐宋成為蚊子的大餐。唐宋試探地問：「不然，我今天暫時跟你睡？」他那小表情照例變得好純潔。我輕輕地、堅決地說：「今天，你是真的必須回去。」唐宋看了我半晌，最終點頭。

待他離開，我躺在床上，開始享受幾個月以來久違的獨眠。可是翻來覆去一個多小時也沒法睡熟，最後無奈起身，打開大門，對著一直站在門口餵蚊子的唐宋道：「進來吧！」他的手臂、小腿布滿了小紅腫包，連綿腫成一片。我一邊替他擦藥，一邊歎氣道：「唐宋，你這是何必呢？」唐宋說：「大綺，我只是想守著你。我知道，你馬上又要啓程了。」我說：「如果我不想讓你跟，就算你日夜守著也沒用。」唐宋忽然握住我的手：「你眞的已經對我沒有感情了嗎？」我輕咬住下唇，點點頭，說：「是的。」我對他，撒了謊。

聞言，唐宋並未面露沮喪，他微微一笑，瞳眸內映著我的影子：「沒關係，我對你還有很多很多感情，足夠我們使用。」我問：「有用嗎？唐宋，此一時彼一時。」唐宋說：「有沒有用，要試過才知道。」我推開他，站了起來：「那麼我告訴你，我試過，可是過去我們不也一樣失敗了？我對你有很多很多感情，我以爲足夠我們使用，但事實告訴我，不夠，永遠不夠，只要一方沒有使力，另一方再努力還是白搭。」

唐宋坐在蚊帳裡，白色輕紗罩住他的面目，影影綽綽。他輕聲道：「秦綺，其實現在我們雙方都有感情，只是你囚禁住了它，你怕自己會受傷，你不敢再放肆，對嗎？」我低頭，輕輕地笑——「果然，他看出了我在撒謊。」是啊，對他有那麼多感情，怎麼可能說消失就消失呢。

他看著我，緩緩道：「秦綺，我對你的感情不是一天成形的，那是長久地相處，一天天累積而成，或許就是因爲太過細水長流，因此你毫無感覺。我對你笑的時候、我抱著你的時候、我吻你的時候、我要你的時候、我說想要你為我生個孩子的時候……那些時候，我對你的感情都是真的，是充實的。自始至終，我們之間並不只有你在付出，我是真的想和你好好地在一起，我是真的想好好地愛你。

「范韻的事，我很抱歉。我在這段感情上處理得不夠成熟讓你受到傷害，也讓我得到了理所當然的懲罰。我在還沒徹底忘記和她之間的感情時，便和你走進了婚姻。我以為，我們之間不過是兩個處於感情荒漠的人的結合，卻怎麼也沒想過，你為我做出了怎樣的犧牲、付出了怎樣的感情。結婚之後，我開始慢慢地了解你。你讓我快樂，我們共同經歷了那麼多事情，度過了那麼多曲折，享受了那麼多快樂，到最後，我愛上了你。

「是的，愛上你並不難，一點也不。但後來，我讓你失望了——范韻回來了，我一直記得對她的愧疚，卻忘記了自己的身分，我是你的丈夫，我無權背著你見過去的戀人。我一次一次的傷害終於讓你失望了，讓你決定離開，而一直要到那時候我才明白你對我的感情。

「秦綺，你離開的那天早上，我醒來後，看著枕頭邊的貝爾果，想著前一夜你對我訴說的感情，那種感覺真的很難受，懊悔得想將自己撕成碎片。我為何如此愚鈍，讓你離開了我！」

聽著他的訴說，我的心如蓮花花瓣般裂開，分不清是疼還是幸。幸的是，至少在這一生中，我最愛的這個男人真真切切地愛過我；疼的是，世事變遷，我們竟然這樣錯過了彼此。

唐宋低低地懇求：「別走，秦綺，不要再離開我。」我閉上眼，將那些疲軟的淚水嚥了回去——如果任由太多回憶遮住了雙目，又怎能看見之後的風景？

吸口氣，我開口，聲音平靜透明：「唐宋，我必須離開，而且是一個人離開。並不是不相信你，也不是沒原諒你。我之所以出走，是爲了尋找自己。這將近一年來的行走，我一直在思考——當初與你在一起的我並不完整，或者說，從愛上你的那一刻開始我就是不完整的。我自卑、我隱忍、我沉默，我把你當成生命中的一切，你是我最重要的精神支柱，我的生命彷彿只爲你一個人盛放；從愛上你的那一刻起，我再也不是自由的。

「我愛了你八年，囚禁了自己八年，最後卻逐漸變成一個偏執軟弱、毫無安全感的可憐蟲。我對你的愛很完整，但我的人生並不完整。離開你、避開你，並非是對你不再有感情，而是希望好好地尋找我自己，完整豐富自己的生命。我想成爲一個讓自己喜歡的人，你能明白嗎？」

唐宋的眼眸暗了下來：「我的出現，對你而言是阻礙，對嗎？」我說：「是啊，你幫不了我，任何人都幫不了我，這段路只能我一個人去走，去尋找。」唐宋總結道：「困擾你的，已經不再是我們的感情了。」我微笑地說：「其實，一直以來困擾我的都不是我們的感情，而是我自己。」

因此——不能怪造化弄人，以爲早范韻一步就能接近唐宋，只怪我自己太膽怯；不能怪剛結婚時唐宋對我如何如何冷漠，只怪我自己太沉默；不能怪唐宋沒給予我足夠的安全感，只怪我自己太沒自信……我並不後悔現在才懂得這個道理，天底下沒有白吃的午餐，我們終究要付出慘痛的代價才能得到人生的眞諦。

對於未來，我儘管一無所知，卻並不茫然。只因逐漸尋回了自己，所作所爲開始有了質地，不再感到浮躁迷茫。我相信終有一天，我會明白自己想要的究竟是什麼。而現在我想要做的，仍舊是尋找自己。

與唐宋一起住在這兒的幾個月裡，我更了解他，也更了解自己了，也更加了解我們之間的感情。與他之間的深入談話、剖析讓我明白，困擾我的不是范韻，不是唐宋，而是我自己……這個道理，我也是逐漸弄懂的。

我問唐宋：「你能懂得我嗎？你能理解我爲什麼要獨自離開嗎？」唐宋看著我，五官溫潤，輪廓分明，眸底一片柔白：「秦綺，我不太懂，但我會等。」我說：「不要等我。也許在路途中我會遇到一個比你更適合的人，會就這樣嫁給他，所以不要等我。」唐宋微笑，帶著一股釋然的堅定：「等與不等，由不得你，也由不得我，只能由我的這裡決定。」他指指自己的心臟，輕聲道，「我哪裡也不去，就在這裡等你。」

期末考試結束後，我便收拾行李離開了小山村。離開的那天，天氣很好，陽光暖綿，我走到山腳下，回頭，看見小屋旁那道高挺的白色人影——唐宋像一棵樹，在那兒生了根。我拔回自己的目光，轉身，離開。我不知道自己是否會回來，能確定的是，將來的自己一定會做出更好的決定。

我啓程去了西藏，聽說，那裡的天空比孩子的眼神更爲純淨。初到時，高山症折磨得我死去活來，一直狂呑紅景天減緩症狀，還在旅館躺了好幾天。好不容易撐過來，結果有人找來了——這次沒什麼小曖昧，來人是唯一。

我問：「你們是不是在我身上裝了追蹤器，怎麼每個人隨便都能找到我？」將近一年沒見，唯一照舊是個吐槽王：「就你那點伎倆，用得著追蹤器這種高科技嗎？」我問：「找我什麼事啊？」唯一用力地吐出三個字：「好——想——你——」隨後抱著我，哭得稀里嘩啦的。

我忙勸道：「快別這樣，我不是好好的沒事嗎？別一副我受了多大委屈似的。」一年沒見，唯一居然變得文藝腔：「我不是爲你哭，是爲我倆流逝的青春哭泣。」是啊，不過一兩年的時間，我倆一人成了媽，一人成了失婚婦女。記得不久前，我們還是青春無敵美少女來著，時間這傢伙，眞是殘忍。

沒想到，唯一這孩子的身體比我還不爭氣，高山症症狀更嚴重，我們才剛相聚，她就倒下了，我趕緊跑前跑後地替她端茶遞水，伺候著。儘管在病中，唯一仍不改往日八卦情懷，見縫插針，劈里啪啦地說個不停。

她說：「我哥去北京了，大概不回來了，都是你害的。」我忙道：「是是是，我罪該萬死。」她又說：「對了，和一也離開了，大概等你生第二個小孩時才會回來。」我說：「嗯，那得等到二〇二二年了。」她繼續報告著：「還有，那個蘇什麼明的，跟他醫院裡的一個女同事結婚了。」我說：「哼，我說嘛，難怪這傢伙最近都沒聯絡我，原來這麼薄情。」

唯一總結道：「大綺啊大綺，你看你，枉自風流小半生，到頭來一個也沒撈到。」我笑著說：「是是是，我辜負了國家社會對我的殷殷期望，等會兒立刻寫一萬字悔過書。」唯一瞇眼看我：「我說大綺，你怎麼越來越貧嘴了？」我斜眼看她：「我說唯一，你怎麼越來越八卦了。」仍舊是好姐妹，一邊吵嘴，一邊睡同一床被窩。

等她八卦完了，輪到我了：「唯一，你怎麼把靜夏丟下了？」唯一說：「丟給她老爸帶幾天啊！孩子又不是我一個人生的，他也需要盡點做爸爸的責任。」我問：「他對孩子好不好？」唯一皺眉：「太寵了，靜夏的壞脾氣都是他寵出來的。」

我好奇：「那你跟孩子的爸，和好了沒？」唯一實話實說：「偶爾來我家過個夜。」我不置可否。唯一問：「你覺得，我應不應該跟他和好？」我勸：「想和好就和好，不想和好就不和好。唯一，怎麼快樂怎麼做。」唯一垂下眼眸：「我是放不下他，但心裡總是有根刺。只要一想起他曾經不想要靜夏，就恨不得啃掉他的骨頭。」

我說：「人類是不斷成長的生物，我們都會犯錯。沒有任何一段感情是完美無瑕的，羅密歐那傢伙上午還愛著羅莎琳，下午就瞅上茱麗葉了，他還不照樣流芳百世，成為眾所周知的情聖！唯一，愛就是原諒。」唯一問：「你不是一向很討厭段又宏嗎，怎麼開始幫他說話了？」我說：「我是討厭他，但經過這麼久也看清楚了，你這人只服他，你的另類幸福只能由他來給予。」唯一幽怨：「知道嗎，我最討厭你說實話了！」

我勸：「聽你的意思，他似乎也知道錯了。再整他幾次，也就算了吧。」唯一問：「那你自己呢，也打算原諒唐宋？」我說：「個案不同，不可一概而論。」唯一開始小流口水：「要我說啊，別理他了，在這裡找個西藏型男，瞧，康巴漢子多帥啊。」

待唯一恢復了身子，我倆組團，開始禍害起西藏男同胞。唯一想必在家帶了一年的小孩，本性壓抑得太久，一看見稍微端正點的男同胞立刻就不行了。雖說唯一那張小臉蛋精巧絕倫，只可惜眼神太瘆人，男同胞個個有賊心沒賊膽，全都不敢靠近，生怕我倆是想色誘他們販賣人體器官。

我皺眉，道：「再這麼下去，別說桃花，就連菊花都被你給滅了。」唯一嘴硬：「能滅的都是泛泛之輩，不足惜。」既然沒美色，有美食也是好的——糌粑、酥油茶、青稞酒、風乾牛羊肉、奶茶、蒸牛舌樣樣沒少吃，想必也有不少帥哥是被我們的吃相嚇跑的。

飽食完畢，開始遊覽景點。這天我們決定去參觀布達拉宮，唯一聽旁邊的導遊歌頌這宮殿是松贊干布與文成公主兩人愛情的見證，立刻開始吐槽，說那兩個人壓根兒就是政治婚姻，誰都不喜歡誰，要不然怎麼一起生活這麼久，連孩子也沒蹦出來一個？我說：「人家公主說不定就愛享受二人世界？你看，我跟唐宋在一起好一段日子，不也沒生出孩子來嗎？」唯一下定論：「那可不一樣，唐宋這傢伙身體肯定有問題，所以生不出來，還好你沒一直跟著他。」

正在這時，唯一的手機響了，一看是段又宏打來的，立刻跑到旁邊接聽。我也不打擾，自己參觀起來。布達拉宮規模宏大，殿宇巍峨，行走其中，令人頓覺自身之渺小。走著走著，不知不覺來到轉經筒旁，莊嚴的金色筒身布滿歷史的厚重感，走過去，指尖觸碰，轉動經筒，心思逐漸變得澄明，腦中閃過無數紛雜畫面，小半輩子的人與事如塵煙落地，寂靜無聲。

經過最後一個轉經筒時，我停下，轉頭，眼角帶進一縷白色，心中忽然一窒。然而定睛一看，發現那不過是一個身形與唐宋相似的白衣男子。原來，所有的紛雜都能放下，唯獨這人仍能挑起我心上的塵埃。走了這麼久，行了這麼遠，依舊逃不開那縷白色。

唯一的聲音自我背後響起：「看看你那副德性，眼珠子都快掉出來了，沒出息。」我說：「那人長得不錯。」唯一點破：「那人長得像唐宋。」我不說話了。唯一歎息：「看來，那唐宋真是你命裡的災星。算了，回去找他吧，我看這一年他跟著你到處走，也算是真心一片。」我搖搖頭。

唯一皺眉：「你還想繼續尋找自己什麼的？我說大綺啊，要尋找自己可不是光靠旅行就能成功的，你必須回歸生活，回歸朋友。」唯一的話給了我很大的觸動，是的，最終我必須回歸生活，那是時間遲早的問題。

當天晚上，我用旅館的電話撥打唐宋的手機——離開時，他告知我一個手機號碼，說如果要找他就打這支號碼，無論多晚多忙，他都會接聽，這，是專屬我一人的號碼。我撥打了，那頭卻傳來一個冷冰冰的女聲——「對不起，您撥打的號碼已經關機」。其實，就算撥通了也不知道要說什麼，或許不過就是想聽聽他的聲音，僅此而已。歎口氣，放下電話，也斷了打給他的念頭。

第二天，唯一接到我外婆的電話——她老人家要我回去一趟，媽病危了。

我從未看過媽虛弱的樣子，在我心中，她完美優雅、堅硬冰冷，因此當在醫院看見瘦得不像人形的她時，我的心情很複雜。

她躺在病床上，神志已經陷入昏迷狀態，身上插著許多管子，整個人瘦成了皮包骨。是乳癌末期，發現時，已經回天乏術，媽也拒絕治療。

外公外婆也老了許多，這一年來接連發生了太多事。看著他們滿頭的白髮，我開始意識到自己的自私。外婆閉上眼，喉間硬咽著：「你媽得病後沒跟任何人說，就這麼硬撐著，一心求解脫。」

媽這一輩子經歷了許多事，心性還算堅強，換作旁人，恐怕早已支撐不住。我明白秦麗的離開，對她的打擊太大了，她失去了精神支柱，生命支柱也隨即坍塌。看著這張被病魔折磨的容顏，我心中五味雜陳，決定留下來照顧她，畢竟能與她相處的時間已經不多了。

世界上最猜不透的，是人心；最預料不到的，是人生。

媽的身體很虛弱，一直在昏睡，直到下午才醒過來。看見我的那一瞬間，她很激動，掙扎著想要說話。我將耳朵貼在她嘴邊，過了好久才聽清楚她說的話：「小麗，你回來了。」她已經神志恍惚，將我認成了秦麗。我點點頭，道：「是呢，媽，我回來了。」她這才安下心來，緊緊握住我的手，又逐漸睡去。

我坐在病床前，凝視著媽握住我的手，是那麼冰冷而瘦弱。打從懂事以來，我和她便不曾有過這樣親密的舉動，小時候看秦麗總是依偎在她懷中，很是嫉妒。怎麼也沒料到，有朝一日她會握著我的手——即便，這只是一個誤會。就這樣一直呆坐到晚餐時間，輪到爸來換班照顧。

肚子感到餓，正好醫院附近有個紅油抄手攤，儘管用餐環境不太好，但勝在味道絕佳。我坐下，要了一碗抄手，吃將起來。裡面照樣放了藕丁，吃起來清甜細膩，讓我不由得想起山村小屋裡，唐宋爲我煮的那碗紅油抄手。他手機關機，說明已經放棄了吧，也好，每個人都有選擇自己生活的權利。他追隨了我一年，已算仁至義盡。

正邊吃邊想，忽有一人在我面前坐下。這個場景太熟悉，我抬頭一看，果然看見了一個熟人——蘇家明。他咬牙切齒地道：「秦綺同學，你終於捨得回來了！」我對他笑：「蘇家明同學，聽說你結婚了。」他頓了一下，接著洩了氣：「我總不能等你一輩子啊。」我趕緊聲明：「我有要你等我嗎？」蘇家明賭氣：「好好好，算我自作多情。」

我說：「都結婚的人了，以後別這麼孩子氣。對了，什麼時候把你老婆帶出來看看？」蘇家明輕聲哼哼：「算了吧，我老婆可是大美人，怕你看了自卑。」我跟他抬槓：「得了吧，我秦綺的臉皮比城牆還厚，絕對自卑不了。」抬著抬著，餛飩吃完了，我擔心媽那邊需要人照應，便結帳準備向他告別。

蘇家明問：「幹嘛這麼急？」我解釋：「我得趕回醫院照顧病人。」蘇家明歎了口氣：「秦綺，你這輩子果然還是欠他的。」我實在不明白，蘇家明怎麼突然冒出這樣一句話：「你說我欠誰？」他開始長篇大論：「還有誰，唐宋啊。你看看，你爲他犧牲了這麼多年的青春，好不容易離開，以爲可以擺脫他，誰知道這人又成了植物人，這不是又激起你的小同情心了嗎？欸，我看你這輩子注定要栽在他手裡。不過，秦綺我提醒你，他這種情況說不定十幾二十年都醒不過來，我勸你還是務實點，早點做打算。」

蘇家明的一席話讓我渾身血液瞬間變涼。雖然沒什麼前因後果，但他說得清清楚楚，我聽得明明白白——唐宋成了植物人。大腦短暫的空白，之後無數蜂蟲般的黑點湧上眼前，形成大塊大塊的黑暗。

後來才知道，唐宋是在我離開後隔天出事的。小學附近有一條江，夏季江水湍急，在裡面游泳很危險。儘管父母老師三令五申不准靠近，但學生們仍抵擋不住清涼江水的誘惑，時不時地偷偷跑去。那天天氣熱騰悶窒，四名學生悄悄地跑去江邊游泳，不慎落入水中。命懸一線之際，唐宋聽見呼救聲，趕到江邊跳入營救。

但江水湍急，加上落水的孩子不斷掙扎，正當拯救第四個學生之際，一個大浪打來，他被江水吞沒。村民隨即趕來，但第四名學生已經溺水身亡，而唐宋也因溺水時間過長一直處於昏迷狀態。醫生說，這種植物人狀態一旦超過數個月，很少會有好轉的可能，即便今後甦醒，也無法完全恢復。那支他說只爲我一人開通的手機，也在入水時丟失，不知去向。

這一次，我與他又這麼錯過了。

病床上的唐宋安靜地閉著雙目，即便戴著氧氣罩也遮掩不住他俊雅的眉目。打從第一次這樣專注地看著他至今，多少歲月已然悄悄逝去，中間歷經的眾多吵鬧、眾多故事，教人如何理清。

唐宋的父母一直陪伴在旁，一年不見，他們看上去卻老了好幾歲。面對他們二老，我是愧疚的，懷孕的謊言必定讓他們失望，而我一走了之前也從未向他們道歉；更何況如果不是我，唐宋也不會到那個山區，可能也不會變成現在這副樣子。然而，唐宋的父母卻沒有責怪我的意思。

唐宋的母親眼中全是憔悴：「小綺，以前的事都已經過去了，現在只盼望你能多陪陪宋兒，幫我們喚醒他，我和他爸爸再也經不起任何打擊了。」我答應了，即便他們不說，我也會這麼做。

我開始往返於媽和唐宋之間，兩邊都需要我的照顧。人活於世，必須承擔應有的責任，而且他們之於我也不僅僅只是責任這麼簡單。這段日子我分身乏術，累的不僅是身體，還有心，不過十天的時間，便瘦了五公斤。

媽體內的生命力一天天在減少，一整天大部分的時間，她都在昏睡。每次檢查，醫生緊皺的眉頭都在告訴我們，她的時日已經無多。即便醒來，媽也認不清面前的人，她開始將我們一個個遺忘……我在想，人在即將開始一段新生命之前，是不是都會忘卻舊生命裡牽扯的人與事？只有遺忘，才能獲得新生嗎？

唐宋那邊依然一點進展也沒有，但我每天都會在床邊跟他說話。有時說說這天發生的趣事——唐宋，還記得那個蘇家明嗎，他結婚後，可怕老婆了，上次小倆口吵架，他被罰睡陽臺半個月，之後還跑來跟我哭得稀里嘩啦的；有時，我也說說過去的往事——我記得以前在學校，我簡直暗戀你到了變態的地步。有一次你在學校的餐廳要了一份炒牛肉，我也跟著要了一個星期的小份炒牛肉，弄得我之後看見牛肉都要吐；有時，我也唸自己喜歡的書給他聽——寶玉亦素喜襲人柔媚嬌俏，遂強襲人同領警幻所訓雲雨之事。

我一直不停地說著，他卻始終沒有睜開眼——「唐宋，你到底要怎樣才會醒過來，你是不是已經放棄我了？」

這個夏天，悶得人喘不過氣來。

在醫院待久了，經常能碰見熟人，阿芳便是其中的一個。我和她從未要好過，打招呼也嫌多餘，本想擦肩而過便罷，她卻主動叫住了我。

我停下腳步。她低頭半晌，才道：「范韻託我向你和你的家人說聲對不起，我是指，關於秦麗那件事。」聽見范韻這名字，我有種恍如隔世之感，搖搖頭，對阿芳道：「愛情本來就是弱肉強食的一件事，秦麗輸了，誰也怪不得。但原諒也同樣是很自私的一件事，我和家人永遠無法對她釋懷，誰也勸說不得。」我永遠不可能當作什麼事都沒發生過，不可能。

我以爲阿芳要說的就是這件事，她卻續道：「還有一件事，是關於唐宋的。」我問：「什麼事？」阿芳輕聲說：「那一次，他被毆打頭部受重傷，躺在醫院醒來時，叫的是你的名字。只是范韻剛好在場，因此大家都誤認爲是她讓他醒來的。而范韻，也是因爲這件事對唐宋失望。」我問：「爲什麼現在要告訴我這些？」阿芳咬咬下唇，忽然釋然地笑了：「我希望你多陪陪唐宋，我知道在他心中，現在你是最最重要的。既然上一次你能喚醒他，我相信這一次你也有這樣的力量。」

我看著阿芳，這是我第一次認眞地看著她。她喜歡黑色白色，喜歡小煙薰妝，喜歡小龐克的穿著；她用中性的外表，掩飾自己細膩的內心。其實，她和曾經的那個我有什麼兩樣，我們是用兩種方式愛著唐宋的同一類女人。我點點頭，答應了她。

我對她說：「阿芳，我希望你能早點看開。」她明白我指的是什麼，訕笑道：「那你看開了嗎？」我點點頭：「看開了，只是看開的時間太遲，留下了遺憾。」阿芳道：「或許這只是對你的考驗吧！秦綺，我祝福你和唐宋。」說完，轉身離開。

在顏色坊裡，唐宋、和一他們這群人曾經多麼歡鬧。眼下，一隻隻如自由而疲倦的鳥紛紛飛走，留下一地寂寥與淚水。或許眞如古話所說，世間無不散之筵席。珍惜眼前人，珍惜眼前事。

這天晚上由我負責照看媽。半夜時，我在病床前打了個盹，門忽地被推開，唐宋站在門口，看著我，眼神很悲傷。

我驚喜：「唐宋，你醒了？」他卻說：「我要走了。」我想站起來，可是雙腳無力：「你要去哪裡？」他重複著這句話：「我要走了。」看著他的眼睛，我頓時如萬箭穿心，痛不可當。我懇求：「唐宋，不要走，為我留下來吧。」唐宋眼中的憂傷如墨汁般滴落下來，他依舊重複著：「秦綺，我要走了。」說完，他慢慢退後，逐漸消失在一片濃霧之中。

我又驚又懼，猛地睜開眼睛，瞪了虛空半晌，才驚覺這不過是一場夢。抹去額頭的冷汗，我長吁口氣，卻發現不知何時，媽已經清醒，而且一直看著我。「媽，你是不是哪裡不舒服？我去叫醫生。」說著就要按鈴，手卻被她拉住。媽看著我，慢慢地吟出了這首詩：「綺羅日減帶，桃李無顏色。思君君未歸，歸來豈相識。」我怔怔地看著她。

媽繼續看著我，眼中有一種陌生的、我從未見過的柔情：「這是我最喜歡的一首詩。從小我就想，我要把『綺』這個字當成我女兒的名字。小綺，我太愛你爸爸了，愛到可以為他死，可是他卻從沒愛過我，從來沒有。」我不知該如何回話，我從來不曾與她如此平靜地談心。媽的眼角滲出一滴清淚：「他騙走了我所有的錢，他剝去了我所有的自尊，他毀了我一生，可是……」

媽沒有繼續往下說，但我知道她想說什麼——可是……她還是愛他。愛到最後，變成了恨；而他不在身邊，所以她恨我。我是這場冤緣裡的受害者，但這場冤緣也給了我生命。誰是錯，誰是對，有如車禍後的殘骸，骨肉相連，辨不清晰。到如今，我竟誰也恨不得，誰也愛不得。

媽努力地吞嚥唾沫，艱難地詢問著：「小綺，聽說你去找過他？他有沒有……提起過我？」她的眼神竟然像個孩子，帶著最純最淒涼的渴望。

我蹲下身子，輕聲在媽的耳邊，道：「他叫游秋聲，是個很漂亮的男人。是的，我見過他了。媽，他告訴我，當年並不是故意騙你的。他只是想拿那筆錢去做生意，去賺更多更多錢，好讓你、讓我能過好日子。可是他失敗了，貧困潦倒，怕你失望，一直都不敢來見我們。」我編出了一個故事，如果故事能讓人開心，眞假又有什麼區別？

媽掙扎著想要起身，卻被我按住，她問著：「他眞的這麼告訴你？」我答：「是眞的。他一直都想著你，他永遠都記得那個站在桃花樹下，背著手，眼神倨傲又脆弱，讓人忍不住想靠近的十九歲少女。」媽逐漸平靜了下來，輕聲道：「那天，他臉上滿是油彩，卻依舊漂亮得讓人眩目，我從沒見過這麼漂亮的男孩子。」我握住她的手，她的手在慢慢變冷。

媽的眼皮緩慢地睜眨著，像在播放回憶的影片：「他朝我走來，我很緊張，卻不想表現出來，就這樣硬挺著。他走過來對我一笑，背後的桃花也比不上他的笑容。他說：『當我的模特兒好不好？』他的聲音眞好聽，像雲，軟軟的、綿綿的，眞好聽……」媽仍在緩聲地說，但聲音已經微弱得幾不可聞，「我沒辦法拒絕。他就像一片雲，我想抓也抓不住，想逃也逃不了，我的身體困了一陣子，心卻困了一輩子，一生就這樣過去了……」

我按下呼叫器，醫生趕來搶救。一陣喧囂吵鬧裡，我只覺得似乎有隻柔軟的手掌撫過我的臉頰，然後……飛走了。清晨四點五十分，媽走了。

外公外婆雖然一直都有心理準備，但得知這個消息後仍支持不住，一時間哀戚不已，病倒下去。媽的所有身後事，遂由爸和我一手操辦。我們把媽的骨灰安放在秦麗的某地旁邊，這樣她們兩個都不會孤單。

忙到隔天中午，體力不支，竟暈了過去。

醒來後，看見床邊站著唯一和段又宏，我長吁口氣，幽幽道：「想想以前，我身邊還是有一些護花使者的，陣仗可不小，沒想到曾幾何時只剩下你們兩個。」唯一說著便想打我：「有我們就算不錯了！」卻突然紅了眼睛，收回手，道，「大綺，你都瘦得不成人形了。」看看鏡子，裡面的人確實認不出，我笑著想站起身：「欸，現在可是流行骨感美！」

段又宏一邊向唯一使眼色要她攔住我，一邊道：「大綺姐，剩下的事我來做，你這幾天好好休息。」我瞪他一眼，道：「你這小子，想將功折罪是吧？」段又宏又開始嘻皮笑臉，說：「是呀，大綺姐你大人有大量，給我一個機會吧。」

我知道他們是擔心我身體吃不消，全是好意，不能辜負，也就答應了。躺在床上吊了一整天的點滴，待好得差不多了，便想去看看唐宋。唯一拉住我，道：「我的大小姐，你就好好休息一下吧，不怕又暈過去啊？」我笑：「像我這樣一個女流氓，哪裡可能說暈就暈過去呢？」

唯一擔心地看著我，說：「大綺，你要是想哭就哭吧，沒人會笑你。要是有人敢笑，我立刻讓他變得不像人。」我說：「哪有安慰人安慰得這麼血腥的？」唯一繼續勸說：「大綺，你別憋著啊，憋出病來我可沒錢讓你看醫生。」我笑：「我眞的沒事。」我明白唯一的關心。媽過世後，我一滴眼淚也沒流，不是恨，只是我哭不出來。眞的哭不出來。

時間飛速地流逝，唐宋甦醒的機會越來越小，但我還是照常跟他說話。

夏末的這一天，我開始爲唐宋唸他最喜歡的《小王子》——從前，在某個星球上住著一位小王子……到了有人的地方照樣孤獨……它是我的玫瑰花……眞正重要的東西，眼睛是看不見的……如果有個人聽任自己被人馴服，那他就得冒流淚的風險……

我就是這麼被唐宋馴服了，而馴服了我的唐宋卻怎麼也醒不來。潛伏的哀傷，剎那間湧上來將我沒頂。我撫摸著他的臉頰，輕聲道：「唐宋，秦麗走了，媽也走了，世界上沒幾個人能讓我依靠了。我求求你醒過來，我求你，醒過來吧，我眞的快要撐不下去了。」唐宋的臉頰上滴落了幾滴淚水，我的淚水。

我把臉埋進他的掌心，輕輕地啜泣著：「唐宋，求求你，我求求你快點醒過來。不是說好，我們要一起好好地過下去嗎；不是說好，我們要生個長得和我一樣的女兒嗎？你怎麼可以逃避，你怎麼可以就這樣一直沉睡下去？」

前塵舊事誰對誰錯又有什麼關係，我只知道我愛唐宋。逃了那麼遠，並沒有讓我不愛他，而是讓我懂得如何愛他。可是等我省悟了，他卻沉睡了，也許這是上天在懲罰我們省悟得太晚。但我已經知道錯了，爲什麼還要讓這懲罰繼續？

我輕輕地哭泣著，整個心肺快要被悲傷撐得漲裂：「唐宋，如果你眞像自己說的那麼愛我，爲什麼要看著我流淚卻不作聲？你證明給我看你愛我呀，你抱我呀，你吻我呀，你爲什麼一動也不動？」可是唐宋卻一動也不動。

我哭得身子微微顫抖著，忽地有雙小手覆在我手背上，耳邊傳來呀呀的稚嫩學語聲。抬頭，看見一個粉雕玉琢的小女孩——是靜夏。回頭看向虛掩的病房門，我知道是唯一帶著靜夏來看我，卻撞見我情緒崩潰，不知如何勸我，便讓靜夏進來安慰我。

靜夏只會喊「爸爸、媽媽」，每次見到我也只是呀呀地叫，可是看著病床上的唐宋，她卻用胖乎乎的小手指著，清晰地叫出「爸爸」二字。我忍不住笑了出來，糾正道：「靜夏，這是叔叔，叔——叔——」靜夏卻不聽，依舊叫著：「巴巴，巴——巴——」等會兒你親爸聽到不氣死才怪，我刮了一下靜夏的小鼻梁，接著起身到洗手間洗把臉，準備整理好自己，帶靜夏出去找她媽媽。

水流嘩啦啦地開著，依稀聽見靜夏喊了幾聲「巴巴」，接著咯咯地笑了起來。「你一個人在笑什麼呀，靜夏？」我一邊問，一邊走出洗手間，卻發現靜夏的小手被一隻大掌握住，而那隻瘦弱白皙大掌的主人，是唐宋。

我怔住心神，一步步踱了過去。只見靜夏趴在病床邊，正笑著甩屁股。而病床上的那個男人睜開了眼睛，滿臉疼愛地看著靜夏。手上沾濕了水的手帕掉落在地，我站在原地，內心被強大的情緒衝擊得頭昏腦脹。

那個男人抬起疲倦的眼眸，微笑著看向我。時光無情地流逝，他卻一如當年那個白衣少年，身姿雅俊，那抹飽滿且溫潤爾雅的白。噙著滿目的淚水，我聽見他輕聲道：「夫人，我才是被馴服的那個。」

那天晚上，擁抱著唐宋，我做了一個夢——有個男人帶我從那個濃霧縈繞的樹林走了出去。他回頭，他微笑，我鼻端淨是清新的美國梧桐和詭祕的白麝香。

（全文完）

唐宋番外：愛上你，一點也不難

「我要和范韻結婚，這就是我最後的決定。」——我在家庭聚會上說出了這句話。飯桌上，所有的人都看著我，似乎不敢相信一向懂事聽話孝順的我，會選擇在這種場合徹底違抗父母之命。

父母不同意我跟初戀女友范韻的婚事，他們認爲我應該像周遭的朋友一樣，娶一個門當戶對的妻子，而范韻只是普通人家的女兒。因爲這件事，近年來我跟父母爭吵不休，雙方都精疲力盡。

而我跟范韻的感情，也因家庭的阻撓而逐漸遭到侵蝕；畢竟我們都長大了，自然知道感情不再只是兩個人之間的事。一開始我曾帶她參加家庭聚會，然而沒等我父母出馬，幾個表姐表妹的冷嘲熱諷便足以讓氣氛難堪，最終只好提早帶著她離開。范韻什麼也不說，只是悶悶不樂。她是受害者，她也是個自尊心很強的人，卻因我受了不少氣，我自然對她處處遷就。

曾有一次，阿芳對我說：「唐宋，我從沒見過比你對女朋友更好的男人。」我背過身去，只能苦笑，如果我對范韻眞的夠好，也不至於讓她的處境如此辛苦。

范韻開始鼓動我脫離家庭，要我自行創業，而我的確不想接受父母的贊助，便欣然同意了。只是，隨著父母那邊給的壓力越大，范韻也逼得我越緊，她希望我能少回家，她說：「每次你回家，我心情都很低落。」我明白她的擔心，她怕我一回家，在家人的親情攻勢下，我們之間的感情會受影響生變。她說的不無道理，我開始減少回家次數。

一次，我跟父母爆發了大爭吵，父親說出「想娶她，就斷絕父子關係」的警告。范韻沉默了下來，良久，忽然問出一句：「那麼，你的決定是什麼？」我向她保證道：「我一定會娶你，永遠跟你在一起。」范韻眼中閃過一絲光亮：「那麼你是要跟他們斷絕關係嗎？」我說：「當然不可能，他們是我的父母。」范韻直視著我：「那，如果一定要在他們和我之間做個選擇呢？」我說：「你和他們，都是我生命中最重要的人。」

范韻逼問著：「唐宋，世界上不可能有兩全其美的事。」我再次承諾：「你和他們，我都不會放棄。」范韻站在原地，我卻感覺她的身影像是壓了上來：「唐宋，事情走到今天這一步，你必須做出抉擇——選擇我，或是你的父母？」我說：「我不可能跟他們說，我要放棄你；就好比我不可能跟你說，我要放棄他們。」

范韻使出最後警告：「唐宋，你不要逼我。」我感到一種無力的悲哀：「你也不能逼我。他們是生養我的父母，我不可能跟他們斷絕關係。」范韻咬牙輕道：「唐宋，你留我一個人孤軍奮戰，對不起，我沒有這麼堅強，我放棄。」留下這句話，她衝出了門外。

我想追出去，卻不知該用什麼立場什麼說辭留下她，我想，先讓彼此冷靜下來再談——儘管這件事不知已經談過多少次，始終無解。我沒想到的是，范韻就這麼去了英國。原來早在幾個月前她便申請到了全額獎學金，這件事我從來不曉得。她是個聰明的女子，看來，她早就想好自己的退路。

和一說：「這也是人之常情，我贊成她的作法。」我苦澀地笑：「其實我不怪范韻，是我一直沒能實現自己的承諾。」和一一手拿著菸，一手端著酒杯，表情飄渺輕佻：「唐宋，其實你和她，並不合適。難道你沒發現，她跟你是不同世界的人？」我說：「但我們處得很好。」

和一吐出一口菸，像巫師般預言著：「僅僅談一場戀愛，當然沒問題。但要眞正攜手過一生，你們兩個不合適。從來都是你在遷就她，不是嗎？你脫離了自己的生長環境，你疏遠了許多親戚朋友，你改變了許多生活習慣……每個人都是植物，鮮少有人能脫離從小生活的土壤而活。唐宋，你的快樂夾雜著彆扭。」

和一就是這樣的人，整日埋首於玩樂之中，看似放蕩不羈，但我和他兩個人，思緒較爲澄明的其實是他。他的話並沒有錯，我和范韻的快樂之中夾雜著彆扭，我和她是兩個世界的人，要走在一起必須有人讓步和犧牲。她是那麼驕傲的一個人，而她的驕傲也是我所愛的，因此我決定做那個讓步與犧牲的人，讓她保有那份驕傲。

我知道自己有時並不太快樂，卻從未想過這個問題——「范韻，眞的是適合我的人嗎？」這個問題太過艱難，我選擇放棄。

范韻是一團火，驕傲美麗，充滿光耀。一開始，是她主動和我說話。高中時，我有點桀驁，又有點被動，不是一個太合群的人。是她撿到了我的錢包，還給我，開玩笑說要我請她吃飯；之後，她常來找我討論功課，我們漸漸熟絡；再然後，順理成章地，兩人開始交往。儘管過程中不乏爭吵，但一路走來也經歷了不少美好的事情。直到踏入成人世界，才明白生而爲人的艱難。

范韻去了英國之後，我每天都打電話給她。即便在電話中，我也能察覺她的態度變冷淡，直到某天我們又因我父母的事大吵一架，她終於說出了「分手」二字。之後，我窩在家裡好幾天，什麼事都不想做。直到阿芳告訴我，范韻已經好幾天沒跟她聯絡了，希望我去英國看看。

我想了很多，回想著自己的諾言——我曾無數次對范韻許諾，一定會永遠跟她在一起；我不想，也不願對她失信。我立刻跑去英國向她求婚，隨後飛回國，正好趕上家庭聚會。我心急如焚，耽誤不得，便在席間說出了——「我要和范韻結婚，這就是我最後的決定。」

之後，我閉上眼，準備迎接狂風暴雨；母親的眼淚，父親的巴掌，我都能承受。沒想到，等來的卻是一重物倒地聲——父親，堂堂一百八十五公分高的大漢就這麼倒在地上，捂住胸口，臉色慘白。

我們立刻將他送進醫院，醫生要家屬做最壞的心理準備。那段等待的時間比一生都漫長，我回想起小時候，父親將我扛在肩上的模樣；想起小時候我摔倒在地頭破血流，他抱著我不顧一切衝到醫院的模樣；也想起他嚴厲目光背後的柔意。幸好，父親最終脫離了生命危險，母親哭著懇求我，要我答應跟范韻分手。看著父親虛弱的目光，我終於點頭——從沒想過，人的頭顱可以這麼沉重，沉重得不堪承受。

幾年的抗爭，終於塵埃落定，我慘敗。

當天晚上，我打了電話給范韻，艱難地將這個決定告訴她。她什麼話也沒說，只沉默了許久，隨後，那邊傳來電話掛斷的「嘟嘟嘟」聲——我和她，就這樣結束了。我想，自己這才算是進入了眞正的成人世界，一個現實殘酷、有著嚴格遊戲規則、不許人隨心所欲的成人世界。

我將身邊所有有關范韻的東西，全都放在顏色坊的一個小房間，做爲對青春年代的紀念。留在身邊的，僅有她親手編織的一條紅色手環，那是我們感情最好時她送給我的；記得那時，我向她承諾，我們一定會永遠在一起。可惜諾言只是諾言，我失信了。戴上它，除了懷念范韻，還時刻提醒著我——永遠不要輕易給予一個女人承諾，失望，是最大的痛苦。

家裡開始爲我張羅結婚對象，並詢問我想要的條件，我只回答了一句：「你們滿意就好。」那時的我已經失去了愛人的能力，任何女人都可以。很快地，他們爲我安排了一場相親，那天下著綿綿細雨，我隨母親來到相親地點。

一路上，母親不斷地勸著：「宋兒，你別怪爸媽，我們眞的是爲了你好。我承認范韻這女孩子很不錯，但你們眞的不是同一個世界的人。她不僅沒辦法給予你事業上的幫助，還可能給你帶來很大的阻礙——很可能，以後她的父母親戚三天兩頭就有事找我們幫忙，這會對你們造成很多摩擦。更何況，她也進入不了我們所在的圈子，會離你越來越遠。你們過去之所以甜蜜，不過是因爲還在戀愛階段，一旦進入實質的婚姻生活，就會出現很多困難，你們走不了多遠的……」

我打斷母親的話：「媽，別說了。」我已經對不起她，不想再聽別人詆毀她。

我去見的人，就是所謂門當戶對的對象，對方的家世頗有政治背景，她人則在公家單位上班。我尚處於低落情緒狀態，沒怎麼仔細看她，只覺得是個清秀文靜的女人。之後，母親問我對她的印象如何？看著母親期待的目光，我點了點頭——就是她了吧，我未來的妻子就是那個安靜的女子，她叫秦綺。

我們開始交往，她是個很好的女孩子，從不任性，安靜且乖順。我和她保持著一定的約會頻率，看電影，吃飯；我想這樣交往個一年，大概可以準備結婚生子了。周圍的人都是這樣生活的，不是嗎？然而，變故才是生命的眞諦。

有天在參加一個朋友的婚禮時，我接到了阿芳的電話，她告訴我，范韻在英國和一名追求者訂婚了。我仰頭看著天空，陽光明明如此燦爛，氣溫卻還是陰冷。我不會再打擾范韻，她能得到幸福也是我最大的心願，而我的心也該安定下來了。這時，秦綺走了過來，從陽光下走進我所在的陰暗處，她輕聲問道：「沒事吧。」她的身上有陽光的味道，我抱住了她，貪婪地吸著。她是一種安靜的溫暖所在，我需要她，我吻了她，我向她——求了婚。

我自己也未曾想過這件事會來得這麼快，周圍的朋友說，我可能是因爲受到范韻訂婚的打擊，心灰意冷之下做出了衝動舉動。可能只有我自己知道並不是這樣，而是因爲在那一刻，我的心只想安定下來。而那個能讓我安定下來的對象，並非誰都可以，在那一刻似乎只有她——秦綺，那個總是顯得很安靜的女人。

然而新婚當晚我還是退縮了，我無法跟她進行那麼親密的接觸。當然不是厭惡，她是滿漂亮的一個女人，只是我覺得如果自己這麼做了，很可能對她是一種侮辱。但其實，這麼想已經是種欺騙和侮辱，畢竟我和她已經結婚了。唉，說到底，我唐宋也不過是個自私的男人。

能讓我在這個婚姻裡好受一點的，就是她似乎對我也沒什麼感情。我總覺得，自己妻子的心中藏了一個人，我不知道是誰，但我相信她愛那個人很深；只要愛過的人，都能感覺出這一點。我猜想，她的遭遇可能也和我類似——由於家庭的因素，她與那人分開，和我這個門當戶對的男人結合。無論如何，早在結婚那天我便告訴自己，我要對妻子好，不能給她愛，至少給她很多的物質、很多的以禮相待，讓她開心。

我開始帶她參加朋友的聚會，想跟她多些相處的機會，讓兩人在生活中慢慢地適應磨合。誰知，阿芳卻當面給她難堪，我正想發聲相護，秦綺卻巧妙地應對，生生將了阿芳一軍。阿芳平時也是潑辣嘴巧的那類人，在我們這個圈子裡從沒遇過什麼對手，今天居然栽在秦綺手上。看來，我這個新婚妻子骨子裡頗有韌性，沒事還是少惹她。

後來，秦綺去了洗手間，沒多久阿芳也去了，我擔心她們起衝突，便在後面跟著。豈料，突然接到范韻打來的電話，猶豫許久，終於還是接聽。兩人之間一時無話，從未想過我們之間會有這樣的生疏。

她在那頭喊我：「宋……」我問：「是我……你在英國一切都好嗎？」她輕聲問：「聽說，你結婚了。」我閉上眼：「嗯。」范韻笑了一聲，笑得像是在哭：「誰會想到，你最後娶的竟然不是我。」我什麼話都說不出，手上的紅手環提醒著我——我是一個失敗的男人，無論是對范韻還是對秦綺。似乎再也沒有什麼好說的，只能道一聲再見，於是就這樣掛了電話。

回到包廂，發現秦綺已經離開，聽說是和一送她回去的，我放下心來。想起前塵舊事，心中煩悶，便想一醉解千愁，沒想到竟眞的喝醉，被楊楊送回家。睡了一覺，早上醒來才發現秦綺剛到家，而且身上有濃重的酒味。我沒問她去了哪裡，因爲覺得自己沒資格問，只找出頭痛藥放在她床頭，又到廚房熬粥。

廚房裡，我一邊煮粥，聞著雪梨蓮子的清甜香氣，第一次開始思考關於「妻子」這個詞。我感覺得出來秦綺並不開心，是因爲她心中的那個男人，還是因爲其他事情，我不得而知。但她畢竟是我的妻子，我希望能讓她慢慢忘記過往的感情，同時我也這麼對自己期許著。

這是我第一次爲自己的妻子熬粥，也是第一次意識到我有一個家了。她醒來，看見粥，問道：

「你煮的？」我撒謊：「買的。」爲對方熬粥似乎是很親密的一種行爲，我暫時還不想承認。那天稍晚，我們回了她娘家。秦綺和她媽媽的關係不太好，甚至可說是極爲冷淡，我不知其中的緣由，也還不想探究——我仍舊有點顧慮，那些事情必須是關係很親密的人才能夠聆聽。我心理上雖已慢慢接受秦綺是我的妻子，但說實話，感情上我跟她還沒到那一步；我們之間，仍然有些生疏。

我的生活開始走向常軌，但我知道自己內心深處仍壓抑著某種任性的情感；那是一座活火山，而就在范韻生日這天，噴發了。畢竟和她在一起這麼多年，不是說分手就能忘記。我陪她過了六個生日，這已成爲習慣，於是我決定今年爲她過最後一次生日——就我一個人，在高中校園，我們相遇的地方。

夜晚的學校有些清冷，但這裡的每一寸都是我熟悉的，每一寸都有著記憶，我選擇以喝酒來洗刷；之後，我又開車去了很多擁有我和她回憶的地方；再之後，我便出了車禍……醒來後，母親淚眼婆娑地望著我，勸道：「你……忘了她吧。」

不會忘記，只是之後我將不再如此任性，是時候，該徹底放手向前走了。恰在這時，秦綺進來了，我想她一定聽見了母親剛才說的話。然而她很識大體，什麼也沒多問，只是對我悉心照顧，這樣越發使我感覺愧疚。

住院隔天，主治醫師蘇家明出現，他似乎是秦綺的舊識，稍稍向我透露了她小時候的一些事；雖沒說太多，但大概能猜到秦綺小時候過得很不好。當晚，秦綺的妹妹秦麗和楊楊出了事，被送進我住的這間醫院，而後親眼看見岳母對秦綺甩耳光，更加證實了我的猜想。我步到醫院的中庭，看見她坐在長椅上抽著菸，臉上掛滿寂寥。不知爲什麼，那一刻心裡居然有點酸。

出院後，我帶她去買車，本來是想讓她開心，可是看得出秦綺並不喜歡這些東西——我送她任何貴重的禮物，她都不大喜歡。我不禁有些好奇，能讓她高興的到底是什麼？我的妻子，是神祕的。我開始教她開車，一男一女處在狹窄的空間中，自然避免不了肢體接觸。每次碰觸到秦綺，她都會害羞，而且是那種面上平靜無波、耳朵卻紅透的害羞，讓我不由生出了逗弄她的興趣；我的妻子，是可愛的。

我發覺自己不知不覺間開始想要接近她。之後不久，楊楊的生日到了，我準備帶秦綺一塊兒去慶祝、熱鬧。我事先提醒阿芳，要她別再爲難秦綺。

阿芳大笑：「你該不會是心疼她了吧？」我沉默，接著認眞道：「阿芳，不要再爲難秦綺了。她一點錯也沒有，甚至在某種意義上，她也是受害者。」阿芳仔細看著我的臉，良久，忽然冷笑：「人家都說男人薄倖，果不其然，怎麼，喜歡上秦綺了？」我這麼告訴阿芳：「阿芳，我要開始過新的生活了，和秦綺。」

是的，新的生活，和秦綺一起。

可是就在楊楊生日會上那天，我發現秦綺跟和一，兩人在走道上，姿態顯得很曖昧。在那一瞬間，說不出爲什麼，我心裡有點亂。結果，是他們先主動有所回應——和一把秦綺的手遞給我，說：「喏，還給你。」而秦綺在面對我時，則表現得有點凌厲，像是在賭氣。看著她的臉龐，我稍顯紛亂的心忽然理出了一個思緒，我問著：「如果……如果一切還不晚，我想和你開始……眞正的開始。現在，還來得及嗎？」

人人都有過往，不是嗎？然而世間最重要的事，是當下——秦綺答應了。

不久，我帶她去了附近縣市的一處避暑勝地。行車途中聊了許久，秦綺是一個很好的談話對象，和她聊天總能讓人感到放鬆。遊玩之中，我更發現，秦綺是一個讓人快樂的女子，一天之內我能被她逗笑好幾次。一切是什麼時候變得如此有趣的？還是說，是因爲我漸漸開始在意她了？有些珍寶，確實得認眞鑑賞才看得出價值。

但稍晚遇到范哥後，秦綺的情緒便開始有點低落。我知道，她是從范哥的感情經歷聯想到了自己，秦綺想必知道我和范韻的曾經；會介懷是一定的，我能理解她。當天夜裡，她獨自在客廳飲酒，我不忍她喝多了傷身，便走過去安慰她：「別想太多，每個人的故事都是不一樣的。」

突然，秦綺像變了個人似的，她抱住我，急切地想尋找什麼東西。月色下的她，身上有股幽幽的香氣，和我向她求婚時的那股溫暖氣息不一樣。求婚那時我感受到的是皈依，月色下的那晚卻令我想到了……綺靡。

我淪陷了——我要了她。和求婚一樣，毫無準備；和秦綺在一起，任何的準備都是無濟於事的，可是我並不後悔。但秦綺後悔了，隔天一早，她匆匆離開，電話也不接聽。

打聽之後，我知道她回了城裡，也趕緊驅車趕回。她到家之後，我沒問她逃避的原因，只是爲她煮了煲湯。每次爲她下廚，我就會感到一陣安心，一種只有家庭才能給予的安心。「秦綺，我們試試看吧，好好地往下過。」——我這麼告訴她，也這麼告訴自己。

我已經喜歡上她，我想，愛上她不是件難事。

我們相處得很愉快，秦綺開始展示她最眞實的那一面，這樣的她讓我快樂，天知道我已經多久沒笑過了，而和她在一起總能讓我開懷大笑。

可是當她再次遇見和一時，臉上那種不自然的神情卻讓我感到不太舒服，連我也覺得自己器量狹小。不久，阿芳給我看了幾張照片，上面清楚顯示秦綺走進和一的公寓。我這麼告訴阿芳：「我相信他們。」但只有自己最清楚，有些陰暗的想法開始在我心裡滋生。

很快地，我們之間爆發了第一次冷戰——她丟棄了我一直戴在手上的那條紅線手環。我輕聲懇求：「還給我，好嗎？」她問：「那個東西，對你很重要嗎？」我想，秦綺必定知道那條手環是范韻送的。我承認了：「是的，那東西對我很重要。」

她的嘴角沁出一絲看不太出意義的情緒，然後告訴了我手環的下落。我不知道自己爲什麼要這麼對她，也明白她會介懷也是應該的。只是，我的情緒實在太過複雜——范韻、和一、她，交雜在一起，我已經分不清自己究竟是因爲眞的在意手環，還是想報復秦綺去了和一的公寓？

就這樣，我們冷戰了。我有點後悔，同時也覺得，如果眞想和秦綺好好地過下去，就不該再戴著這條手環。我將手環放進了顏色坊的那個小房間，我並不是刻意地懷念著什麼，只是生命中曾有過那樣一段感情，我應該要記得。

兩人冷戰期間，秦綺的外公生病了，她第一時間趕去探望。得知後，我也決定跟去，好好向她道個歉，卻看見譚瑋瑋和她在一起——這個男人對秦綺的心思，我看得出來；但同時也看得出，秦綺對他沒有別的意思。

我慢慢覺得事情有點奇怪，假設眞如我之前猜想的那般，秦綺嫁給我，是出於門當戶對；可是譚瑋瑋的家世也差不到哪裡去，爲什麼她要捨棄一個愛她的男人而嫁給我？我沒有自信能比譚瑋瑋優秀。秦綺沒有回答我，這讓我心中的疑問逐漸擴大。我開始想了解她，同時也想讓她了解我。

之後，我終於明白，她並不是我想像中那個有著幸福家庭順利成長一帆風順的女子，她不是溫室的花，反而更像一株蒲公英，輕柔卻有著無窮的韌性，生命力頑強——她從不哭泣，也不在我面前示弱，卻總能讓我生出一股想保護的慾望。

但就在我們的感情逐漸升溫時，和一綁架了她，帶到英國。

打從知道她失蹤那一刻開始，我便動用了所有的關係去尋找。撥打著聯絡各方的電話，我發覺自己的手一邊微微地顫抖著——我深知，對於感情，和一不是一個容易認眞的人，可是一旦認眞起來，沒人能阻止，我擔心、害怕他會傷害秦綺。

經過好幾個夜晚不眠不休地尋找，加上追蹤某一通突然打來的手機訊號位置，我終於查出和一的下落。但終究還是晚了一步，我最不想看見的事情發生了——樹林裡，秦綺赤裸著身體，極力蜷縮著身子，我的眼睛被她白皙的肌膚刺傷，有一剎那甚至失去了理智，我甚至想讓和一就這麼消失。我狠狠地揍了和一，從那一刻起，他不再是我的兄弟。

秦綺大病了一場，她醒來後，我們誰都沒談論起那件事情。但那件事，一直在秦綺的心中隔閡著我們，她不說，我不問。

我小心翼翼地守著她，不讓和一接近她半步。只是，稍不留意，譚瑋瑋又插了進來，我看見她和譚瑋瑋抱在一起，明知道他們之間並沒有什麼，但還是感到不舒服——我遠遠不如面上表現的那麼大度。

我再次問了秦綺為什麼要嫁給我，這次她的回答竟是她愛我。聽見這個答案的瞬間，我的大腦很不爭氣地出現一片空白。她立刻大笑，說自己不過是在逗弄我。我鬆了口氣，只是偷偷在想，如果這是真的，那我將會如何？

經歷了英國那件事，秦綺一直避免和我有身體上的碰觸。我帶她去了海南島，希望美景與浪漫能讓她放鬆下來。和秦綺沐浴在陽光下，我開始想像著我們的未來——擁有一個可愛的女兒，而且要長得像她。原以爲到了新環境，再也沒有和一、譚瑋瑋等人的攪亂，豈料又出現一萍水相逢的國際友人傑夫，我不喜歡他——看起來，就是個專門勾引女人的傢伙。

在水下湛藍的世界中，我抱住了她，那一刻我感覺到害怕，害怕她會被人搶走。之後，秦綺頭部受傷，醒來後，望著我，問了一句：「你是誰？」說實話，那一瞬間我的心臟停止了跳動。幸好這只是一個玩笑，但那一刻我開始意識到，秦綺在我心中的地位不一樣了——不知不覺間，我已經愛上了她。

我開始想要秦綺爲我生個孩子，不是爲了維護家庭關係，而是我們之間的感情絕對有資格孕育孩子，一個屬於我倆的孩子。

但世事總不讓人如願，由於楊楊的緣故，我惹上了一群不好惹的人。元旦跨年夜那晚，我和秦綺被他們圍堵。情況很危急，我卻很冷靜，心裡只有一個念頭——不能讓秦綺受傷。我騙了她，要她離開，我留下來拖住那些人。

鐵棍如密集的雨點打在我的頭上、身上，劇痛在身體中爆發開來。我仍咬牙忍著、挺著，因爲答應過秦綺不能出事，我還要跟她生孩子，繼續過下去。而後我陷入昏迷，隱約知道自己得救了，好幾次想開口詢問秦綺的情況，卻因爲太過虛弱而醒不過來。眞正醒來時，在我身邊陪著的人，居然是范韻！

面對范韻，我有點心酸，更多的是對她的愧疚，那是一種沒能對她實踐過往誓言的愧疚，還有移情別戀的愧疚……我，已經愛上了另一個女人。

秦綺和范韻終究還是見面了。秦綺告訴我，她懷孕了，我當然欣喜異常，但也留意到她似乎刻意在范韻面前說出這件事。果然不久，秦綺的情緒爆發了，她將保溫盒摔在地上，之後好幾天都沒來醫院看我。我知道她在意范韻，也明白自己應該注意她的心情。於是我私自出了醫院，回家抱著她，向她保證今後再也不見范韻。

但之後，秦麗刺傷范韻，我違背對秦綺的承諾，去探望了范韻。或許我的性格眞的是優柔寡斷吧，但范韻畢竟是我曾經愛過的人，我做不到不聞不問。

再之後，我又從阿芳那裡得知——秦綺並沒有懷孕。我的心裡很亂，一方面知道秦綺這麼做是因爲范韻的出現，另一方面也在盡力幫她瞞住父母，我不想讓他們二老失望，也不希望讓秦綺在他們心中留下不好的印象。

一天，秦綺在我房間找到了范韻的照片，我絕非故意留著，畢竟那張照片眞的是很久以前留在家裡的，連我自己都已經忘記。但我卻沒有心思向她解釋，我滿腦子想的全是該如何讓她假懷孕的事不被揭穿，好好地平息下來，我實在很擔心阿芳會說出去。

這次爭吵，我跟秦綺的情緒都很激動，我已經不太記得自己說了什麼。我不懂，難道我對她還不夠好，爲什麼她總是要懷疑。吵完，秦綺離家出走，我滿城尋找，最後發現她跟和一在賓館裡共處一室。我們又發生了爭吵，之後她提出分居，並且搬了出去。

在這段最煩躁的日子裡，阿芳約我到顏色坊，但事前，我並不知道范韻也在。阿芳提出要揭露秦綺假懷孕的事，我自然極力制止，並與她爭論了起來。阿芳一怒之下，氣得先離開。

范韻一直坐在旁邊安靜地聽著，最終問了一句：「唐宋，你的心是不是已經全都在她身上了？」我沉默。范韻轉身就走，我在包廂門口拉住她，范韻眼中有淚：「唐宋，我從沒想過你會愛上別人。」我說：「對不起。」

范韻的情緒很激動：「我一直都忘不了你，不管你的家人如何侮辱我，我也一直緊握著你的手。你說，爲了你父親的性命，我們必須分開，我同意了；不久，你便娶了秦綺，我也沒跟你鬧，我相信你對她並沒有感情，只是爲了遵從父母之命才這麼做。我還以爲，不管事情如何變化，你的心裡永遠有我，我會是你最愛、甚至永遠愛的那個人；我以爲，我們之間的感情是最珍貴的，是獨一無二的。但現在呢？你卻告訴我，你之所以娶秦綺是因爲愛她？你要我怎麼想，你到底想傷害我到什麼地步！」

我努力地安撫著她，內心也一陣酸澀。我這輩子只愛過兩個女人，但她們都因爲我而受傷，我覺得自己很失敗。沒想到，秦綺看見了這一幕，而她身邊卻站著和一——他們又在一起了。我跟秦綺不歡而散，她是因爲范韻，而我是因爲和一。

兩人再見面，是在秦麗的葬禮上——范韻因為知道了我對秦綺的感情，遂放棄我，轉而跟楊楊在一起，秦麗承受不住這個打擊，自殺了。秦綺像失去了魂魄，此刻的她很依賴我。我想，我得好好地照顧她，好好地向她解釋一切，好好地彌補她受傷的心。然而當天晚上，秦綺居然向我坦白了——她愛我，愛了我許多年，八年，整整八年。

我忽然明白了一切，一切都是有原因的——為什麼她會嫁給我，為什麼她會拒絕那麼多優秀的追求者，為什麼她會那麼在意范韻，為什麼她要假裝懷孕。除了愛上我，秦綺沒有做錯任何事情。但，我真不值得她這麼愛。我自認已經盡力對她好，卻不知道，多年來她的心一直繫在我身上，默默地給予了我那麼多、那麼強烈的感情。

「秦綺，我們重新開始好不好？忘掉過去的一切，給我機會，讓我們重新開始。」在那一刻，我只能這麼請求。我們緊緊相擁，激烈地做愛。然而隔天一早她卻離開了，只留下一顆貝爾果和一紙簽了字的離婚協議書——她放棄了我們這段婚姻，她對我徹底失望了。

我將自己關在房子裡，屋裡到處都有她的痕跡。並非不想去找她，只是我擔心……擔心自己傷她太深。她已用盡了對我的愛，我害怕追不回她。

後來，我發現了她的日記，很厚，我以前居然沒發現。在那裡面，她大多寫些和我有關的事情——我上臺演講，我在臺階上救了她，我的錢包被她撿到……穿過記憶，我回到了高中時期，看見了那個女孩子，那個默默在一旁看著我的女孩。終於明白，自己有多幸運，因為被她這樣愛過；

終於明白，自己有多可悲，因爲讓她就這樣離開。

范韻曾來找過我，說自己要回英國去，她很懊悔自己把所有事情弄得這麼糟。她聽說秦綺已經離開，想來看看我，並最後一次問我，我們是否可以回到從前。我拒絕了她，這輩子我可能注定欠范韻很多——過去的仍舊美好，但已經過去，那是一場回憶。

范韻走了，離開前最後說了一句：「這輩子，我不會再與你相見。」我對不起她，也因此我不能再對不起自己。我決定去找秦綺，我不想讓自己後悔——我放不開她。

秦綺一直都在旅行，她走過了很多地方，不施脂粉，純淨如水，這時的她比任何時候都美。但我卻不能靠近，只能暗中保護她——替她奪回錢包，爲她趕跑歹徒，甚至在和一住進她房間後報警趕走和一。

之後，她在一個小山村住下，我也跟著住了下來，並拜託村裡的人替我保密。

最終，她終於發現了，她要我離開，只是，我怎麼能夠……秦綺，你走進了我的心。我要是能拔出你，這顆心，也就廢了。

Side Story

和一番外：她不愛我，她是我兄弟的女人

我和一這輩子只愛過一個女人。而當我第一次看見這個女人時，她已經是別人的新娘。

那天，她身穿白色婚紗，低垂眉目，秀美得低調。我只遠遠看了她一眼，便轉過頭去——我斷言，她的這場婚姻不過又是另一場華麗冰冷的盛宴；相敬如冰的婚姻，在我們這個圈子從來不缺少。因爲我知道，她丈夫心裡有著另一個女人。果然，新婚之夜，她丈夫便出外買醉。她卻沒鬧，看來頗懂事，是我們這個圈子裡男人都愛娶的女人——門當戶對，且互不干涉。

第一次注意到她是在阿芳生日會上，她與阿芳的嗆聲居然頗精彩。這個女人像小辣椒，看似嬌小，要是真咬下去，準被噎到不行。第一次覺得這個女人頗有意思也是在那晚——她和友人在江邊大排檔喝醉了，我送她們到旅館休息，濃濃醉意之中，她不斷重複著「唐宋，我他媽的愛死了你」這句話。唐宋，是她的丈夫，我的好友。

我的生活一直過得愜意卻無聊，那時總算讓我發現了一個讓我不無聊的人，而且還是個女人。

我開始有意無意地跟蹤她，並發現這女人身邊有不少條件很不錯的暗戀者，事情更加有趣了——我不相信，有人能不計得失、不求回報地永遠愛著另一個人。我不是不相信女人，不是不相信愛情，只是不相信人性。

帶著這樣的探究興趣，我和她之間開始了一場追逐。過程中，我逐漸感覺到這女人對唐宋的愛太濃了，濃到……讓人嫉妒。於是在伊甸園裡，在黑暗中，在靡靡之音裡，我吻了她。她的唇很軟，舌很甜，但溫度很冷，她對我沒有任何感覺，她在想著另一個男人，她在我身上尋找她丈夫的影子，而我不過是個替身。「我喜歡你，但，離愛還很遠。」——我這麼告訴她，也這麼告訴自己。

趁著唐宋還在住院，我去了他們家找她，自顧自地和她躺在同一張床上，什麼事都沒做，蓋棉被純聊天，可是，感覺眞好；那是第一次，我想到了「歸屬感」這個詞。

但那個令我感到歸屬的女人對我沒有任何感情，她滿心滿眼全是唐宋，她的日記裡滿滿地寫下她對唐宋八年的愛。那一晚，我忽然覺得一陣心慌，開始害怕自己會陷進去。我從來不是個擔心世俗輿論的人，她已婚這件事根本不構成阻撓我的理由，我在乎的是她的心。而她的心已全都在唐宋的身上，我的勝算太小了。「我不會再去找她，我對她不過是一時的興趣，遠離了也就好了。」——我這麼想。

但到了楊楊生日那天，阿芳告訴我，唐宋決定將秦綺當成眞正的妻子，想開始好好地跟她過下去；那一瞬間，曾令我那麼驕傲的瀟脫與冷靜不翼而飛。我終於發現自己是個十足的笑話，原以為主宰著這場愛情遊戲，到頭來卻發現自己不過是顆小棋子，是她與唐宋感情生活中的一顆棋子。唐宋是她眼中唯一的將領，而我不過是個不起眼的小兵。

我把她的手遞給了唐宋，我不想再陷入更可笑的場景。

之後……聽說，他們出外旅遊；聽說，他們相處得很愉快；聽說，唐宋近來很快樂。而我，卻像個懦夫那樣瑟縮在家裡不停地喝酒，喝得昏天暗地，喝得吐血，喝得差點死在家裡；即便是這樣，卻也還是忘不了她。

再次看見她的剎那，我知道自己已經著魔了——我放不開她，就算被厭惡，也要繼續糾纏。既然成魔，就不再需要控制情緒，我看不得她跟別的男人親密，我開車恐嚇了那個暗戀她的男人。

此舉讓她大怒，跑來找我興師問罪。我居然淪落到得使出渾身解數、才能見她一面的地步，和一啊和一，你還能更可悲嗎？

但既已是魔，又何必遮遮掩掩？我下了最後一步棋——綁架她到英國。在那裡，我得到了她的身體，同時也得到了她冷冷的一句話——「這輩子，我欠你的，都還完了。」在那個瞬間，我悲傷地預感到，這輩子，我注定得不到她。

而後她與唐宋糾糾纏纏，再沒有我插足之地。如此費盡心機，仍舊得不到自己想要的，那麼，就毀滅好了。我將唐宋的祕密徹底展現給她看，那一刻，我看見她眼裡都空了，空得澄清，只是，仍舊沒有我的影子。

也是那一刻我終於明白，她的心只能盛下唐宋，就如同我的心只能盛下她——是命，是運，是孽，是賤。一聲歎息，塵埃落定。

最後的最後，我追上了她遠行的腳步，再見她一次，而後才真正地離開。

我去了法國定居，開了一家中餐館，興致來時便下廚做一兩道菜，不然就在咖啡館看書閒坐一天。過往的那些時光彷若夢境，回憶起來，不甚真實。

這麼一晃，也不知過了多少年。家中長輩去世，我回國奔喪。重返故地，竟是別樣滋味，過去的老友走的走，散的散，顏色坊的熱鬧場景一去不返。

走在街上，發現許多帶著孩子出來玩的家庭，這才省悟，原來是兒童節。我一孤家寡人，在這天出來閒逛還真顯多餘。買了杯咖啡，準備走回旅館，卻在人群之中看見了那個讓我魂牽夢繞許多年的身影。

她坐在一張休息椅上，長髮披肩，低垂眉目，歲月給予她更多的女人韻味。我竟不由自主地朝她走去，彷彿中間那麼多的歲月都不曾流逝，只要過去對她邪邪一笑，兩人又能重新開始鬥智鬥勇。然而就在這時，有個男人牽著一對五六歲左右的漂亮龍鳳胎，從冰淇淋店走了出來。她立即迎了上去，臉上滿溢著幸福。那男人，正是唐宋。之後，那幸福的一家人相擁相攜著走入人群，消失在我的視線中。

站在原地怔了許久，最後，我竟苦苦地笑了。

後來，我走過許多地方，看了無數的雲，見過許多的人，心裡一直留有她的身影，心就這樣空了一塊，再也補不回來。午夜夢迴時，總會想起自己曾對她說過的一句話——「大綺，你永遠不知道我有多愛你。」

這輩子我只愛過一個女人，但她並不愛我。她的名字叫秦綺。

New Side Story

秦綺番外・新：金像

秦綺從小喜歡李碧華，十多歲讀《青蛇》時看見一段話——「每個女人，也希望她生命中有兩個男人：許仙和法海。是的，法海是用盡千方百計博他偶一歡心的金漆神像，生世佇候他稍假詞色，仰之彌高；許仙是依依挽手，細細畫眉的美少年，給你講最好聽的話來熨貼心靈。」

一個愛她的，一個她愛的。

秦綺想，自己是幸運的，在短短的前半生便遇到了那些愛自己的，以及她愛的男人。

和一

秦綺記得第一次見到和一時，不由得在心裡叫了聲「好」——這傢伙的桃花眼，蕩得整間屋子裡的女人都醉了。

第二次見到他，聽他誇她——「他老婆看起來滿文靜的，多半心裡有數。」

第三次見到他，他幫她喝酒解圍，飲酒下肚的刹那，他左眼角的淚痣閃爍了一下，像褐色的流星閃過。後來，他又主動送她去大排檔臨海人家找閨密。那晚，她醉了，說出了自己心中隱藏至深的祕密——「唐宋，我他媽的愛死了你。」

從那之後，和一不再叫她嫂子，而是喚她的名字。

他說自己看見了秦綺對唐宋的深情，而開始對她產生興趣。秦綺對他的感覺從陌生變爲防備，他是一股風，動盪了她平靜的生活。

在夜店伊甸園，秦綺接受了和一的吻，她需要一個替身，她把和一想像成唐宋，她需要這樣的幻想。她是利用了他，但他做爲一個男人並不吃虧，不是嗎？之後，和一找上門來，與她蓋棉被純聊天純潔地睡了一夜。秦綺並不是趕不走他，而是不願——她也怕寂寞，她需要身邊有個暖熱的實體來充當唐宋。

和一向來是個浪子，那夜之後便失蹤；再見面時，他一反常態，猛烈地吻住了她。那個瞬間，秦綺的姿態是臣服的，任何女人都會臣服於這樣的男人，這是本性。激吻過後，和一告訴秦綺，唐宋決定將她當成眞正的妻子看待了。

眞正的……妻子。這話出自她愛了近小半輩子的男人口中，秦綺的腦海瞬間清明——她與和一，必須做個了斷。她全副身心都投入了對唐宋的感情，分不出餘地給任何人。可是和一就是和一，他再次以強硬的態度插了進來，他告訴秦綺，自己已經不可自拔地愛上她，正如她不可自拔地愛上唐宋。他的桃花眸子像春水，讓秦綺瞬間失了魂……

直到和一開車差點撞上譚瑋瑋，秦綺才看清他骨子裡的瘋狂，她開始害怕自己無法掌控這個男人，打從一開始，她便應該離他遠遠的。而後他們互相攻擊，全然明白對方的弱點何在，然後一刀捅入。他倆有著相似的靈魂。

終於，和一瘋狂了，秦綺被他綁架。這種太過強烈的感情，秦綺不敢品嘗，就像香辣的菜肴很吸引人，舌尖卻注定伴隨巨大的痛苦。他們單獨相處了一週。在那個星期裡，和一邪氣得美，美得瘋狂，秦綺並非沒有受到蠱惑，只是那種蠱惑太危險，而秦綺一直清楚明白自己想要的是誰，因此得以逃離。

最後，和一絕望了，在唐宋到來的前一刻，他進入了秦綺的體內，他必須留下點什麼，就算是不堪的記憶也好。爲了這一刻的記憶，他徹底失去了秦綺。在那一刻，秦綺想，這就是命中的孽，自己上輩子欠了和一的債，而這輩子，就這麼一次，她全還了，再也不欠了。

他倆的靈魂太相似，注定溫暖不了彼此。秦綺明白自己是個軟弱的人，她成不了別人的救贖。她與和一，注定要分離。抱歉，和一。

譚瑋瑋

譚瑋瑋之於秦綺，是一杯冰水，他永遠都在那裡等著她，等她歷經長途跋涉，等她饑渴難耐，等她回首相望。只是，秦綺的心裡已經結滿冰，她再也承受不住另一塊冰的冷。

譚瑋瑋一直冷靜地愛著她，他自信而矜持，總以爲自己付出了這麼多時間，總以爲自己會勝利。他沒有錯，只是秦綺太需要一股熱意——不是和一那種驕陽般的激烈，也不是他這般冷靜的悠長。她需要唐宋，需要唐宋那種冬日暖陽，恰恰好的溫度。

愛情就是這樣冤冤相報。秦綺愛了唐宋多久，譚瑋瑋便愛了秦綺多久；秦綺受了唐宋多少傷，譚瑋瑋也受了她多少傷。冥冥之中，自有主宰。秦綺想，或許世界上最了解自己的男人是譚瑋瑋，他能看清她的未來，像一面鏡子般清晰地展現給她看。但她卻無能爲力，即便明白前方是深淵，仍不由自主地踏入。

秦綺覺得虧欠譚瑋瑋很多，她明白自己誤了他太多年，那份愧疚感是無法揮去的。而當一向沉靜、即便泰山壓頂也不失色的譚瑋瑋，拿著一雙幽藍的眼睛問——「秦綺，你要我怎麼辦？」秦綺的心也擰成了一團。

他突然擁她入懷，秦綺這才眞切感受到他內心情感的奔騰，與他冷靜的外表形成了鮮明對比；她忍耐了多久，他便蓄積了多久。這輩子，就算將她拆骨剝肉也還不了譚瑋瑋的情。

如果可以控制，她一定會愛譚瑋瑋，她一定不會愛唐宋。只是，人心無法控制，由不得人，由不得己。她和譚瑋瑋，只能錯過。再見，譚瑋瑋。

唐宋

秦綺從來不曾否認唐宋在她心中的重要位置——他就是她的神。他如微風般和暖，可是一旦愛上，這股微風吹在心裡，卻是冷冰。

他們交往了四個月，那一百廿天裡，每三天見一次面，每次兩個小時。秦綺明白他倆的交往純潔得很不正常，可是她很開心。每週期盼著這幾個小時，懂得了何謂生命因他而存在。她從未怨過他，求仁得仁。是她暗戀他，他從不知曉；是她答應了他的求婚，他未曾強迫。

凡賽斯的雲淡風輕，那是他慣用的男香氣息。新婚之夜，他沒有碰她，一個人離了家，她就靠嗅著那股熟悉的氣息入睡。很安穩的一覺，沒有眼淚，沒有悲傷，為什麼要難過呢，這個男人從此是她的丈夫，而她是他最重要的家人——至少在法律上是如此。

因此，就算親耳聽見他和前女友聯繫，秦綺面上仍舊波瀾不驚。但醉酒後，內心深處的意識卻噴湧了出來——「唐宋，我他媽的愛死了你！」她買醉，一夜未歸，回家後，唐宋什麼也沒問，只體貼地送上雪梨蓮子粥。秦綺心想，他是一個好丈夫；就算不愛她，他也是一個好丈夫。秦綺知道，唐宋對她感到愧疚，而這愧疚讓她難受——因爲，他不愛她。

後來，妹妹秦麗受傷住進了醫院，母親激憤地甩了秦綺火辣辣一耳光。唐宋目睹，拿沙壇城的典故安慰秦綺，卻不知曉，在秦綺的沙壇城裡，他是她的全部。

楊楊的生日會上，當秦綺從和一口中得知，唐宋要將她當成眞正的妻子看待時，她覺得自己可以就此死去。她的手在顫抖，就像一個貧窮了一輩子的人，終於得到了一座金像。

她在患得患失中將自己僅剩的全交給了唐宋，她應該是無悔的，可是誰知道人的慾念竟然這般無恥，得到了唐宋的一些之後，她開始期盼更多，甚至期盼全部。秦綺厭倦自己的貪得無厭，可是又無法克制——中間橫亙著唐宋的前女友，他倆不斷地疏離，又不斷地和好，痛苦與甜蜜交雜著。

直到和一突如其來綁架了秦綺，唐宋終於領悟她在自己心中的重要位置。是以後來在碧海之中，他輕聲道——「我害怕你會被人搶走。」聽見這句話，秦綺突然覺得，就算此刻浸在硫酸之中溶了血肉，此生也無憾。

之後他們經歷了好多事，血腥與歡愉豐富了他們的記憶。然而秦綺心中始終有心魔——唐宋是她的神，仰之彌高的神，即便握在手上，她仍像個貧窮了一輩子的人，膽顫心驚地懷揣著金像，夜夜不安，就怕被人奪走。

范韻再度現身，壯大了秦綺內心的魔，終致令她發了瘋。一顆貝爾果如宿命般出現，提醒著她——這段婚姻，是虛假和短暫的。再加上秦麗的死，讓秦綺悲慟而恐慌，她們的血液裡流有同樣致命的偏執，她不能成爲第二個犧牲者，她必須離開。

而走了那麼遠的路，過了那麼多的橋，看了那麼廣闊的天，秦綺以爲自己逃開了，可是再次見到唐宋的剎那，心裡還是裂開了一絲縫隙。她千方百計地逃開他，以爲自己不再愛，可是每每與他多相處一天，包裹著心的乾涸爛泥就多裂開一絲縫，直到最後，泥土塊塊剝下，他這座金像重新見了天日。原來，唐宋從不曾離去，他是她的神；這輩子，她怎麼也離不了的神。

和一番外・新：故事

我叫和一，我有一個故事，你願意相信嗎？

「和一，你能不能不要再跟著我了！」她看著我，微皺的眉頭下，雙眸帶著無可奈何。這張臉並不是什麼國色天香之姿，但我就是愛她那大剌剌外表下的悲傷小情緒。

看著面前桌上十幾份大大小小的精緻蛋糕，那甜膩也進了自己的眼裡。我抬頭，輕笑：「我是來吃你甜點的。」翻譯一下我說話的語氣，那叫做——「我是來吃你豆腐的。」果不其然，她瞪我一眼，憤然離開，招呼其他客人去了。

一年前，秦綺終於和唐宋離婚，拋棄過往，開了一家甜點店，專門賣各式各樣甜得死人的甜店。打從開幕那天起，我每天都去店裡報到，每次都會點十幾份甜點。我吃都沒吃，就這麼擺在桌上，看著秦綺在店裡忙碌。剛開始她根本把我當空氣，就這麼過了一年，終於受不了，主動走上前來，求饒般地道：「和一，你能不能不要再跟著我了！」

如果我能，我就不是和一了。我知道她覺得我煩，不想看見我。可是等了這麼多年，她好不容易恢復單身，跟唐宋牽扯乾淨，我再不抓緊機會，豈不是白活了。所以，我等著。

秦綺的甜點店生意很好，她這人不太汲汲營營，卻還是一路忙到小年夜的晚上才關店休息，恐怕是因爲寂寞吧。這些年，她外公外婆相繼去世，身邊沒什麼親人。而半年前，段又宏與她的閨密譚唯一又帶著小孩移民澳洲，她更加孤單了。

我推掉了所有的公事私事，決定在這個新年陪她。家裡的老頭子一聽我過年不回家，氣得差點把我從族譜裡剔除。老爺子一巴掌揮過來，震得我頭昏眼花：「就爲了一個女人，而且是個離過婚的女人，你是不是八輩子沒見過女人了？」我回道：「我不是八輩子沒見過女人，是八輩子沒見過她那樣的女人。」

老爺子氣得捋鬍鬚：「反正我不同意你們在一起。再怎麼說，那是唐家以前的媳婦，以後遇見了，多尷尬。」我抹去嘴角的血，笑嘻嘻道：「您放心，人家壓根兒還沒看我一眼，說在一起，還早。不過，要是她一點頭，我會立刻抱著她去登記結婚，您老躺在地上也攔不住。」老爺子是真的生氣了，但也無可奈何。和家上下拿我沒法子，就如同我拿秦綺沒法子。

說是要陪秦綺，其實她根本不知道我在陪她。我只是遠遠地看著她，看著她結算今天的帳，看著她關上店門，看著她朝凍得發紅的雙手呼氣，看著她在路邊招計程車無果，看著她裹緊衣服準備慢慢地走回家。

這座城市的冬天格外寒冷，那種冷像冰水般浸透人的骨髓，就連躲進屋裡也承受不住，更別說大半夜地在街上行走。

路燈橘黃，映著地上屬於我們的兩道身影，時而重合，時而分離。終於，秦綺忍不住回了頭：「和一，你這是何必！」我笑了：「你是問，何必在小年夜晚上陪你回家，還是問何必一直等你？」她皺眉：「和一，你這樣會帶給我困擾。」

她的話看似無情，我卻明白這恰恰是她多情的表現——在這麼寂寞的光景下，她都不願再借我的肩膀依靠，就是因爲怕我誤會，怕我爲她陷得更深。但秦綺，我已經在地獄十九層了，還在乎更下一層嗎？

我走過去，褪下手中暖熱的手套，遞給她。秦綺自然不接，我的動作帶了點強迫，兩人無聲地拉扯著。後來秦綺急了，推開我，轉身就跑。沒跑多遠，便在濕滑的地面上滑倒——右腳扭傷，腫成饅頭般大。我打橫抱起她往醫院衝，幸好沒什麼大礙，只是得臥床休息一段時間。看完急診，我送她回家。辛苦忙了大半夜，結果這女人沒讓我喝口水便開始趕我。

拗不過她，我只好走。也沒走遠，就在樓下我的車上待著。從樓下往上看，秦綺的房間黑黝黝的，寂靜無聲，可是我眼角分明看見窗簾動了好幾次——她在看我，她也在受煎熬。我心裡樂了，就算窩在車裡身子受凍腳受僵也樂。

終於在半夜三點時，她打電話要我上去睡；那聲音，格外咬牙切齒。

秦綺的家坪數不大，只有一房一廳，我只能窩在沙發上。儘管沙發又窄又小，我卻一夜好眠，畢竟，我最愛的女人此刻離我那麼近。

第二天一早秦綺醒來，我已在桌上擺好白粥與小籠包。白粥軟爛，小籠包噴香，絕對能逗引得人食指大動。秦綺拒絕了我的攙扶，她像兔子那樣一蹦一跳地來到桌前。我嘲笑：「你這個樣子，很像《唐伯虎點秋香》裡吃了含笑半步顛的華夫人。」秦綺不理我，只管埋頭吃東西。我想逗她說話：「再怎麼說，我也是把你送到醫院的人，還照顧了你大半夜，怎麼也不感謝一下，你小學的德育課難不成是體育老師教的？」秦綺沒好氣：「昨晚要不是你硬跟，我會摔倒嗎？」

能說上話就算進步，我暗喜。收拾好碗筷，我開始進廚房做午飯，備妥食材。

秦綺原本坐在客廳裡打電動，一個小時後，按捺不住，踱到廚房前問：「你會做菜嗎？」我說：「這年頭，沒有三兩三怎麼追女人啊！」說著，拿起菜刀直接表演了切絲給她看。

秦綺打開冰箱，裡面被塞得一點空隙都沒有：「這些菜，你什麼時候買的？」我說：「天還沒亮時買的。秦綺，我賭你一定不知道兩條街外有個菜市場，菜又便宜又新鮮！你信不信，我會爲了兩塊錢跟小販討價還價！」秦綺瞬間像看怪獸一樣地看著我。我說的是實話，和她在一起，我很享受這樣的人間煙火氣息。

晚餐我包的是餃子，我們都吃撐了。收拾完後，秦綺又開始趕人。我故意裝睡，打呼打得震天價響，完全不計形象。秦綺氣急，卻無可奈何。

除夕夜照例看春節聯歡晚會，電視裡一派喜氣洋洋，窗外也人聲鼎沸。而屋內，我躺沙發上，秦綺坐在旁邊，那種反襯下的安靜讓我格外歡喜；這，就是我所期望的極致生活。

而就在臨近十二點，電視裡的主持人正倒數新年來到時，整棟大樓忽然停電，窗外霎時爆出無數煙火，沉沉如雷鳴，璀璨似寶石。秦綺的側影映在窗前，纖細而孤寂，我忽然忍不住，一個翻身，抱住了她。她開始拚命掙扎，我將唇湊近她的耳畔，輕聲道：「秦綺，我知道你心裡苦，不要再一個人撐了。」

她的身子輕輕震動了一下，彷彿被我的話擊中內心某處最柔軟的位置。煙花閃爍間，她的眼角淚光隱現。秦綺是隻螃蟹，外硬內軟，我選中了這個最讓人感到寂寞的時刻趁虛而入，打橫將秦綺抱上了床——我知道自己很不道德，可是，和一這個名字一向與道德沾不上邊。

柔軟的床單像白色的海洋，一層層淹沒了我和她。我緩慢地解除著她的外殼，那些堅硬的、防備的、讓人心疼的外殼。她的肌膚白盛雪，在轉瞬即逝的煙花映襯下美不勝收。此刻的她迷茫而軟弱，與平日的堅強大相逕庭，我用盡了全力忍耐著，才讓自己的動作不那麼急躁，只有我知道自己碰觸著她肌膚的手在微微地顫抖。我身下的秦綺是眞實的，她全身赤裸，白瑩如最上等的玉，漲滿了我的眼。

我俯下身子，仔細傾聽著她的呢喃：「和一，我害怕一個人。」我說：「我知道。」她說：「所有的人都走了。」我說：「可是我還在。」她說：「可是你還在。」

我一直撫摸著她，直到感覺她的身體已經能夠接納，再緩慢地進入，我不想給予她任何痛苦；痛苦是我的，歡愉是她的，這樣就好。我擁抱著她，這次的性愛異常溫柔，我只想讓她安心，只想讓她明白，世界上還剩下一個我會永遠在她身邊。

隔天清晨，我從溫暖的被窩中醒來。窗外，地面上到處是鞭炮的碎屑，陳舊的大紅色像無數舊年的故事。另一個枕頭上，還散發著淡淡香氣的餘溫。

廚房傳來一陣窸窸窣窣的聲響，我躡手躡腳地走過去，看見秦綺圍著圍裙，正在煎蛋；烤箱裡，土司正散發著香氣，一切都溫馨得不可思議。她轉過頭來對我微微一笑，我的世界就停留在這一秒。

我是和一，這是我的故事，你願意相信嗎？

作・者・後・記

另類童話故事

富家公子愛上貧家女，不幸遭到家族反對，並在強硬逼迫下與門當戶對的富家女結婚。之後經過一連串抗爭，富家公子終於擊敗惡毒的富家女，與貧家女幸福地生活在一起——這，是一般的童話故事。

富家公子愛上貧家女，不幸遭到家族反對，並在強硬逼迫下與門當戶對的富家女結婚。之後經過了解，富家公子發現，本該惡毒傲嬌的富家女並不令人討厭，而且還愛了自己好多年——這就是《小吵鬧》的故事梗概，一個另類的童話故事。

在我目前所寫的故事當中，《小吵鬧》是我的最愛。

女主角秦綺，這個女人有著淡然的外表，卻有著最悲傷的內心，她並不是傳統定義上的天之驕女，在耀眼光環之下，她的出生有著瑕疵。她一直都是寂寞的，她的愛情也是寂寞而悠長的。

男主角唐宋也並非傳統定義上的好男人，他較爲優柔，因此深深傷害了秦綺。在前女友的問題上，很多男人都讓人詬病，他也不例外。幸好這個故事由我主筆，可以避免白玫瑰與白飯粒、紅玫瑰與蚊子血的憂傷。唐宋在最後，終於學會了取捨，因而贏回了秦綺。

男配角和一、譚瑋瑋的呼聲較高，因爲他們謹遵著言情小說的規則，一直深愛著女主角。可是人家女主角愛的就是唐宋，那個白襯衫飄飄的唐宋，那個溫文儒雅的唐宋，那個曾在樓梯間扶住自己的唐宋。愛上了就是愛上了，沒有任何道理可言，因此，和一與譚瑋瑋敗北。

血緣是很奇怪的東西——秦綺的母親，秦綺的妹妹，還有秦綺自己，秦家的三個女人都愛得決絕，以致一個抱憾終身；一個香消玉殞；而秦綺的運氣還算好，只不過付出了近十年的悲慘暗戀時光。我一向覺得，愛情是屬於女人的東西，這樣的決絕只有在女人身上才能體現，這是女人的不幸，也是幸運。

在故事的最後，富家女秦綺終於打敗了貧家女范韻，贏得了富家公子唐宋的心，兩人和和美美地誕下了一對龍鳳胎。

這是一個另類的童話故事，但，我很喜歡。

撒空空

二〇一三年五月十九日

國家圖書館出版品預行編目資料

小吵鬧（2）／撒空空著；──初版
──臺中市：好讀，2014.07

冊；　公分，──（眞小說；46）（撒空空作品集；08）

ISBN 978-986-178-315-4（平裝）

857.7　　103002207

好讀出版

真小說 46

小吵鬧（2）

作　　者／撒空空
封面插畫／度薇年
總 編 輯／鄧茵茵
文字編輯／簡伊婕
美術編輯／賴維明
內頁編排／王廷芬
行銷企畫／陳昶文
發 行 所／好讀出版有限公司
臺中市 407 西屯區何厝里 19 鄰大有街 13 號
TEL : 04-23157795　FAX : 04-23144188
http://howdo.morningstar.com.tw
（如對本書編輯或內容有意見，請來電或上網告訴我們）
法律顧問／甘龍強律師

戶名：知己圖書股份有限公司
劃撥專線：15060393
服務專線：04-23595819 轉 230
傳眞專線：04-23597123
E-mail：service@morningstar.com.tw
如需詳細出版書目、訂書、歡迎洽詢
晨星網路書店 http://www.morningstar.com.tw

印刷／上好印刷股份有限公司 TEL : 04-23150280
初版／西元 2014 年 7 月 1 日
定價／230 元
如有破損或裝訂錯誤，請寄回臺中市 407 工業區 30 路 1 號更換（好讀倉儲部收）

Published by How-Do Publishing Co., Ltd.
2014 Printed in Taiwan

ISBN 978-986-178-315-4

情感小說 · 專屬讀者回函

書名：小吵鬧（2）

姓名：＿＿＿＿＿＿＿＿ 性別：□男 □女 生日：＿＿＿年＿＿＿月＿＿＿日

教育程度：＿＿＿＿＿＿＿＿＿＿＿＿

職業：□學生 □教師 □一般職員 □企業主管
□家庭主婦 □自由業 □醫護 □軍警 □其他＿＿＿＿＿＿＿＿＿＿＿

電子郵件信箱（e-mail）：＿＿＿＿＿＿＿＿＿＿＿ 電話：＿＿＿＿＿＿＿＿＿

聯絡地址：□□□＿＿＿＿＿＿＿＿＿＿＿＿＿＿＿＿＿＿＿＿＿＿＿＿＿

您怎麼發現這本書的？

□書店 □＿＿＿＿＿＿網路書店 □朋友推薦 □＿＿＿＿＿＿網站／網友推薦
□其他＿＿＿＿＿＿＿＿＿＿＿＿＿＿＿＿＿＿＿＿＿＿＿＿＿＿＿＿＿

買這本書的原因是

□內容題材深得我心 □價格便宜 □封面與內頁設計很優 □其他＿＿＿＿＿＿

您閱讀此本小說的原因：□喜愛作者 □喜歡情感小說 □值得收藏 □想收繁體版
□其他＿＿＿＿＿＿＿＿＿＿＿＿＿＿＿＿＿＿＿＿＿＿＿＿＿＿＿＿＿

您喜歡閱讀情感小說的原因

□打發時間 □滿足想像 □欣賞作者文采 □抒解心情 □其他＿＿＿＿＿＿＿＿

您不喜歡哪類情感小說的情節設定

□人人都愛女主角 □女主角萬能 □劇情太俗套 □太狗血 □虐戀 □黑幫
□其他＿＿＿＿＿＿＿＿＿＿＿＿＿＿＿＿＿＿＿＿＿＿＿＿＿＿＿＿＿

最無法忍受的主角人物關係

□父女 □師生 □兄妹 □姊弟戀 □人獸 □ BL □其他＿＿＿＿＿＿＿＿＿＿＿

您最常接觸情感小說的方式

□購買實體書 □租書店 □在實體書店閱讀 □圖書館借閱 □在＿＿＿＿＿＿
網站瀏覽 □其他＿＿＿＿＿＿＿＿＿＿＿＿＿＿＿＿＿＿＿＿＿＿＿＿＿

您喜歡的情感小說種類（可複選）

□宮廷 □武俠 □架空 □歷史 □奇幻 □種田 □校園 □都會 □穿越 □修仙
□台灣言情 □其他＿＿＿＿＿＿＿＿＿＿＿＿＿＿＿＿＿＿＿＿＿＿＿＿＿

推薦你喜歡的情感小說作者或作品（多多益善喔）

＿＿＿＿＿＿＿＿＿＿＿＿＿＿＿＿＿＿＿＿＿＿＿＿＿＿＿＿＿＿＿＿＿＿

您這對本書還有其他想法嗎？請通通告訴我們：

＿＿＿＿＿＿＿＿＿＿＿＿＿＿＿＿＿＿＿＿＿＿＿＿＿＿＿＿＿＿＿＿＿＿

＿＿＿＿＿＿＿＿＿＿＿＿＿＿＿＿＿＿＿＿＿＿＿＿＿＿＿＿＿＿＿＿＿＿

部落格 howdo.pixnet.net/blog　粉絲團 www.facebook.com/howdobooks

請填妥後對折黏貼，直接投郵即可，無須貼郵票。

廣告回函
台灣中區郵政管理局
登記證第 3877 號
免貼郵票

好讀出版有限公司　編輯部收

407 台中市西屯區何厝里大有街 13 號

電話：04-23157795-6　傳真：04-23144188

沿虛線對折

填問卷，送好書

詳填此張讀者回函，並附上 40 元郵票（寄書郵資），即送您好書

中視八點檔大戲｜傾世皇妃原著小說｜林心如主演

《傾世皇妃（上）一寸情思千萬縷》

定價：250 元

數量有限，送完為止